KB147991

독서는 어떻게 나를 성장시키는가

독서는 어떻게 나를 성장시키는가

초판인쇄   2022년 1월 7일
초판발행   2022년 1월 14일

지은이   김태이
발행인   조현수
펴낸곳   도서출판 프로방스
기획   조용재
마케팅   최관호
교열·교정   권수현
디자인   문화마중

주소   경기도 고양시 일산동구 백석2동 1301-2
           넥스빌오피스텔 704호
전화   031-925-5366~7
팩스   031-925-5368
이메일   provence70@naver.com
등록번호   제2016-000126호
등록   2016년 06월 23일

정가 15,000원
ISBN 979-11-6480-171-8 (03810)

독서는 어떻게 나를 성장시키는가

편견과 고정관념을 깨는 독서법

김태이 지음

프로방스

책을 읽으면 읽을수록 점점 궁금한 점이 생겼습니다. 꼭 독서만이 나를 부자로 이끌어주고 나를 성공으로 끌어가는 걸까? 방대한 책을 읽는 사람을 만나면 비단 성공했다고 단정 지을 수 있는 걸까? 그 말이 진실이라면 거기에서 확장된 제 호기심은 '그렇다면 조금 더 책을 잘 읽을 수 있는 방법은 없을까?' 였습니다. 독서 하는 사람들은 성공 반열에 오를 수 있고 이미 성공한 사람들은 모두가 독서광이라는 이야기를 많이 들어보셨을 겁니다. 저는 "책을 읽고 성공의 길로 갑시다"라고 말하고 싶지 않습니다. 그러나 지금까지 살아오면서 가장 많은 도움을 받은 것은 단연 책이었습니다. 수많은 독서법 책을 찾아다녔습니다. 결국은 정답은 없다는 결론에 도달했습니다. 그리고 독서만으로 성공할 순 없다는 것 역시 깨달았습니다. 그런데 공통점은 늘 있었습니다. 일단 책을 펼쳐야 한다는 것. 책을 펼치고 내 앞에 펼쳐지는 또 다른 세상으로 나를 이끌어준다는 것. 그것이 성공으로 가는 시작점이라는 것. 저는 책을 펼치기 전부터 펼치고 나서까지 모든 과정을 담으려 노력했습니다. 대학교 때부터 심각한 주제로 친구들과 자주 대화를 나누기 시작했던 것 같습니다. 많은 대학생 역시 그렇듯 저도 늘 불안한 미래에 걱정이 태산이었습니다. 지금의 저와 그때의 자신을 놓고 비교해보면 대학생 때는 일단 경험이 많지 않았습니다. 지금보다 생각의 폭이 넓지 못했던 때라 사소한 일에도 쉽게 불안감을 느끼며 살았습니다. 저는 그 불안함에서 이겨낼 힘을 책에서 얻었습니다.

한 커뮤니티에서 어떤 게시글을 본 적이 있습니다. 글을 쓴 사람은 자신을 취업준비생이라고 밝혔고 본인은 평범한 회사원을 꿈꾸는 평균 이하라고 말하더군요. 나를 돌아보게 됐습니다. 저는 한 집단에 잘 어울릴 수 있다거나, 말을 많이 해서 대화가 통한다거나, 유머가 있다거나, 어디서 내 목소리를 잘 내는 성격이라던가, 그런 사람들과는 거리가 먼 사람이었습니다. 말이 안 되는 상황인 것을 보고도 아니라고 잘못됐다고 말도 제대로 하지 못하는 사람이었습니다. 그러나 지금은 상황이 많이 달라졌습니다. 저는 내 전공이 아닌 분야에서 일을 하고 한 번도 배워본 적 없는 업무를 맡아 좋은 성과로 이어지게 한 경험들이 적지 않습니다. 내가 해보고 싶은 일을 우선순위로 놓고 그 일을 하게 될 수 있었던 것은 모두 독서에서 나왔다고 장담할 수 있습니다. 회사 면접을 볼 때도, 일적으로 새로운 사람을 만날 때도 늘 웃으며 대화를 나눌 수 있었던 것 역시 다양한 독서 덕분이었습니다. 어떤 사람을 만나도 기본적인 이야기를 나누면서도 대화에 낄 수 있었고 내 분야가 아니어도 나만의 생각으로 무언가를 스스로 판단할 줄 아는 능력이 생겼습니다. 제 자신을 똑똑함을 넘어 총명한 사람이라고 말할 순 없습니다. 그런데도 내가 다양한 결과물을 얻을 수 있었고 한 집단에서 평균 이상의 성과를 얻을 수 있었던 것은 모두 독서였다는 것을 말하고자 이 책을 썼습니다.

목차 제목을 실패와 평균 이하, 평균 이상 등의 단어를 사용해 조금 더 쉽게 이해할 수 있도록 분류했습니다. 평균 이하였던 내가 독서 하나로 평균 이상의 지적 능력과 사회적으로 인정을 받을 수 있는 사람이 되기까지의 내용을 담고 싶었습니다. 실패하는 독서라는 주제로 독서의 부정적인 시선을 이야기하고 성공하는 독서라는 주제로 우리가 가져야 할 독서 습관과 방식에 관한 이야기를 담았습니다. 평균 이하의 독서와 평균 이상의 독서라는 주제를 비교하며 우리는 왜 평균 이상의 독서가가 될 수 없는가에 대해 고찰할 수 있는 시간을 가질 수 있을 것으로 생각합니다. 사람은 당시에 머무를 때는 깨달음을 얻지 못한다고 하죠. 그래서 사람이라고 합니다. 다양한 독서를 하면서 당시에 머무를 때는 몰랐습니다. 독서 습관이 자리 잡은 지 10년이 넘고 나니 지금의 나를 만든 것은 8할이 책이었습니다. 독서를 하는 방법에 관한 책도 수백 권을 읽어보았습니다만, 사실 명확한 정답은 없는 것 같습니다. 이 책을 읽고 단 한 사람이라도 '책이 읽고 싶어졌다'라거나 '나도 이제부터 독서를 시작해 봐야겠다.'라는 생각이 잠깐이라도 스친다면 저는 성공했다고 생각합니다.

책을 추천하는 것을 좋아하는 편은 아니지만, 책의 중반부에서 몇 권씩 책을 추천하기도 합니다. 제가 추천한 책으로 다음 책까지 파생되었으면 합니다. 그렇게 독서 습관은 조금씩 만들어지는 것이니까요. 제가 책을 사랑하고 즐기며 느꼈던 것을 모두 담아내려 노력했습니다. 불안하고 걱정이 많았던 코로나19 시대를 지나 이제는 위드 코로나 시대가 왔습니다. 꽁꽁 얼어붙었던 긴 겨울이 지나고 따뜻한 봄이 온 것이라고 비유하고 싶습니다. 위드 코로나 시대가 오기까지 사회는 정말 많은 변화가 생겼습니다. 비대면 교육, 화상회의 등 많은 것들을 변하게 했죠. 의도하진 않았지만 급작스럽게 환경적인 요인으로 인해 변해온 세상에 우리는 다시 시작할 힘과 생각을 가져야 합니다. 그래서 저는 그 방법 중에서 단연 독서를 꼽았습니다. 독서는 생각하는 힘을 키워주고 생각을 확장 시켜줍니다. 많은 것이 변해버린 코로나19가 지나고 위드 코로나 시대로 새로운 봄이 찾아왔습니다. 따뜻한 봄날이 왔다고 생각하며 이 사회에 독서로 당신의 마음을 바로잡고 새로운 즐거움을 책에서 찾기를 바랍니다.

목 차

제1장
실패하는 독서

남을 의식하는 독서

책을 읽지 않으면
평생 그 수준에서 머물 수밖에 없다.

– 게리 하멜(미국 경영 컨설턴트)

우리는 지나친 경쟁 사회에서 살며 무의식적으로 남의 시선을 의식하며 살아가고 있다. 유교 사상의 영향을 받아 남들에 대한 의식, 나보다 남을 먼저 생각해야 하는 예절, 남들이 나를 어떻게 생각하는지에 대한 생각과 눈치를 보는 게 당연하다는 듯 교육을 받아왔다. 시대는 빠르게 변하는데 곳곳에 오래된 방식의 교육방법이 남아 있으니 남을 의식하며 사는 것이 이상한 일은 아니다. 남들의 시선을 의식하는 것이 무조건으로 나쁘다고 말할 순 없다. 그러나 남들의 시선'만' 의식하는 사람들이 많다는 것은 문제가 된다. 가장 좋은 방법은 내가 생각하는 나와 남이 생각하는 나를 융합하여 나 자신을 의식하는 것이다. 이러한 무의식적 생각으로 남을 의식해서 책을 읽는 사람도 있다. 공공 도서관에 가면 책을 읽는 사람보다 노트북이나 문제집 풀기에 바쁜 사람들만 가득하다. 책을 읽는 사람을 잘 찾아볼 수 없어서인지 책이 취미이거나 책을 들고 다니는 사람은 대체로 좋은 이미지를 얻는다. 90년대 드라마나 영화에서는 청순하고 지적인 캐릭터의 주인공은 항상 두껍고 무거운 책을 껴안고 다녔다. 이는 우리 무의식에 책을 껴안고 다니는 사람은 공부를 잘한다거나 똑똑한 사람이라는 이미지를 만들어 주기도 했다. 책은 읽지도 않으면서 집에 장식품으로 책을 몇 권 사다 두는 경우를 보기도 한다. 내 수준과는 맞지 않은 어려운 책이나 표지가 예쁜 책들을 사서 장식품으로 두는 것이다. 또 다른 경우로는 집에 책이 많은 친구 집에 들렀을 때 어려워 보이는 책을 한 권 빌려 사진 한 장을 찍는다. SNS에 올리기 위한 목적이라고 말한다. 그 친구는 '나는 한가한 시간에 책을 읽는다'라는 모습을 보여주며 여유롭고 지적인 사람으로 보이기 위함이라고 했다.

이는 모두 잘못된 책의 관점에서 시작됐다. 남을 의식하는 나에게서 비롯된 것이다. 책을 좋아한다고 말하거나 취미가 독서라고 하면 '아는 것이 많겠다.' '똑똑하겠네' '지적이다'라는 말을 종종 듣는다. 하지만 나는 똑똑함과 지적인 사람과는 거리가 멀다. 책을 가까이하기 전에는 그저 평균 이하였을 뿐이라고 말하고 싶다. 사람들이 내게 이런 말을 하는 것을 듣고 한 친구는 어디를 갈 때마다 묻지도 않았는데 '저는 책을 좋아하고 많이 읽어요. 책이 재미있어요.'라는 거짓말을 하기 시작했다. 자기는 지적이고 교양 있는 사람이 되고 싶다고 했다. 아쉬운 것은 그 친구는 책을 한 권도 읽지 않은 친구였고 그런 말을 하면서도 책을 가까이에 두지 않았다. 대화를 해보면 그 사람이 책을 읽는지 아닌지를 금방 눈치챌 수 있다는 사실을 모르고 있어서다. 우리는 이렇게 무서우리만큼 남을 의식한다. 어렵고 두꺼운 책을 읽어야 남들이 보기에 내 지적 수준이나 교양이 있는 사람으로 비친다고 생각하는 것이다. 이는 한참 잘못된 생각이다. 독서의 기준은 내 안에서 시작되어야 하고 책은 남을 의식해서 읽는 도구가 절대 아니다. 이제는 다른 사람을 의식하는 행동이 아닌 나 자신을 의식해서 책을 가까이 해보자.

책은 무게로 따질 수 없고 좋은 책과 나쁜 책을 어려운 용어가 들어간 책 제목으로 절대 구분할 수 없다. 1주일에 1권씩, 한 달에 4권만 읽어도 평균 이상이 된다. 평균 이상이 되면 당연히 책을 즐기는 지적인 사람이라는 이미지를 얻을 뿐만 아니라 실제로 상상 이상의 지적 능력을 얻을 수 있다. 사람들과 조금만 대화해보아도 이 사람이 어떤 책을 읽는지를 알게 된다. 독서가들끼리는 이런 부분을 잘 느끼고 있을 것이다. 특히 남들을 의식해서 읽는 책 중 빠질 수 없는 분야는 고전인 것 같다. 〈왜 고전을 읽는가〉(이소연 역, 민음사, 2008)를 쓴 이탈로 칼비노는 '고전이란, 사람들이 보통 '나는 OOO를 다시 읽고 있어'라고 말하는데 '나는 지금 OOO를 읽고 있어'라고 말하지 않는 책이라고 했다. 이는 '다시'라는 말을 쓰느냐 '지금'이라는 말을 쓰느냐의 차이라고 했는데, '유명한 저작을 아직 읽지 않았음을 부끄러워하는 사람들의 궁색한 위선' 때문이라고 말한다. 칼비노의 말을 보아도 사람들이 얼마나 남을 의식해서 책을 읽으려고 하는지에 대해 알 수 있다. 나의 개인적인 이야기를 해보자면 나는 고전을 읽기는 하지만 좋아하지는 않는다. 그런데 한 날 독서 모임에 참가했던 날이다. 아직 토론이 시작되기 전이라 핸드폰으로 독서 기록 앱을 보고 있는데 옆에 있던 분이 내 스마트폰을 보더니 읽은 책 권 수에 놀라 큰 소리로 말했다. "이거 전부 다 읽은 거예요?" 그 큰 소리로 인해 그 자리에 있던 사람들은 모두 나를 쳐다봤다. 결국, 공개하고 싶지 않았던 내 독서목록은 어쩔 수 없이 공개됐고, 누군가의 서재에 가면 꽂혀 있는 책 제목들만 봐도 대충 이 사람이 어떤 성향을 지녔는지 드러난다.

나 역시 숨기고 싶은 내 비밀을 들키기라도 한 것처럼 부끄러웠다. 하지만 누군가에게 단 한 권의 책이라도 도움이 된다면 좋을 것 같아 책 제목들을 간략하게 훑어주고 있는데, 누군가 내게 고전이 왜 그것밖에 없냐고 물었다. 고전을 좋아하지 않는다고 답하자 그는 "고전을 읽지 않고 몇백 권의 책을 읽었다는 건 시간 낭비죠."라고 말했다. 잘못된 독서 편견을 남에게도 맞추려 하는 모습이라고 생각한다. 나는 고전을 많이 읽지 않는 것에 대해 부끄러움 같은 것은 전혀 느끼지 않는다. '남들이 읽으라고 해서 읽는다.' '책 읽는 사람은 지적으로 보인다.' '책은 안 읽으면 생각 없는 사람 같다.'라고 말하는 사람들을 종종 보게 된다. 도대체 누구의 기준을 가지고 와서 자기의 무의식으로 새겨진 것인지 궁금할 때가 있다. 서울대 권장도서 100권, 죽기 전 읽어야 할 100권, 가장 많이 팔린 필독서 TOP 10권, 고전 필독서 100권 등 이러한 것들 위주로 읽은 누군가는 필독서나 추천서도 읽지 않고 책을 좋아한다고 말할 순 없다고 했다. 독서에 옳고 그름은 없다. 읽어야만 하는 책, 읽지 않아도 좋은 책은 없다. 세상의 모든 책은 한 사람을 만나는 일과 같다. 그래서 세상에 나쁜 책은 없다. 수많은 독서법의 책을 읽어보아도 결국 모두 자기의 의견을 주장하고 있다. 나한테 맞는 독서를 찾는 것이 우선이지, 남의 기준에 맞추어 책을 읽을 필요가 전혀 없다는 것이다.

이것이야말로 시간 낭비다. 책을 읽는 사람이 권하는 책을 읽지 않는다고 해서 제대로 된 독서는 아니다. 우리는 남을 의식하는 독서를 조금의 방식만 바꾸면 더 현명하게 책을 읽을 수 있다.

〈죽을 때까지 책 읽기〉(이영미 역, 소소의책, 2018)의 저자 니와 우이치로는 허세를 위한 독서도 의미는 있다고 말했다. '인간은 허영심이 있어서 성장하려는 욕구나 경쟁에서 이기려는 마음이 솟구치는 것이기 때문에 허영심을 잘 이용하기만 한다면 큰 가능성을 가져다준다.'라고 했다. 허영심은 자연스러운 현상이며 그것이 있으므로 사회가 진보하는 것이라고도 정의했다. 수준에도 맞지 않는 어려운 책을 읽고 무거운 책을 들고 다니면서 남들이 나를 바라보는 시선만을 생각하지는 말자. 생각보다 남은 내게 관심이 없다. 오직 관점과 기준을 내 안에 두고 책을 읽어야 한다. 이런 생각과 행동은 아쉽게도 나를 평균 이하에서 머무르게 만드는 행동이다. 의식하지 말고 어제의 나와 오늘의 나를 비교해라. 남의 시선을 피할 수 없다면 차라리 카페에 가서 책을 읽는 것도 추천한다. 남의 시선이 있으므로 책이라도 펼 수 있고 이미 펴낸 책을 한 문장이라도 더 읽을 수 있기 때문이다.

독서가는 모두 성공하지 않는다

성공한 사람이 되려고 노력하기보다
가치 있는 사람이 되려고 노력하라.

— 알베르트 아인슈타인

수많은 성공 수필만을 읽던 때가 있었다. 시간이 지나고 깨달은 것은 세계적으로 이름을 알린 사람들 대부분은 독서광이었다는 사실이다. 성공하고 싶다면 독서하라는 말을 숱하게 들어보았을 것이다. "이미 세계적인 부자, 유명인들은 유명한 독서가다. 성공하고 싶다면 독서하라." 아인슈타인, 빌 게이츠, 워런 버핏, 스티브 잡스, 미국 전 대통령 링컨 등 이들은 독서광으로 유명하다. 독서를 강조하면서 역사에 남는 사람들은 빼놓지 않고 책 읽기를 강조한다. '이들은 굉장한 독서가였기 때문에 책을 많이 읽으면 성공한다.'라는 알 수 없는 논리의 공식이 퍼져 나오기 시작했다. 하지만 오직 독서 하나로만 내 삶을 성공으로 이끈 사람은 많지 않다. 사람들은 책만 읽어도 인생이 술술 풀릴 것처럼 말하지만 인생이란 그렇게 쉽게 풀리는 것이 아니지 않은가.

정말 그 말이 진실이라면 인생이 풀린다는 데 이렇게 똑똑한 사람들이 넘쳐나는 대한민국 사람들은 책만 읽으면 모두가 성공하는데 왜 책을 읽지 않는 것일까. 여기서 우리가 착각하고 있는 것이 있다. 어렸을 때 학습부진아였던 아인슈타인 역시 독서가로 성공했다는 극단적인 해석을 하는 사람이 있는데 아인슈타인은 상대성이론으로 이름을 알렸다. 빌 게이츠는 마이크로소프트라는 컴퓨터 프로그램 개발로 성공했다. 워런 버핏은 미국의 기업인이자 투자자로서 명성을 알렸다. 애플의 CEO이자 창립자였던 스티브 잡스는 독서광이었다. 스티브 잡스가 2011년 췌장암으로 사망하자 스티브 잡스와 관련된 책들이 시장에 쏟아져 나오기 시작했다. 그 책들은 스티브 잡스가 책을 굉장히 많이 읽었고 독서광이었기 때문에 성공할 수 있었다고 이야기했다. 나는 이를 지나친 해석으로 본다. 현실은 스티브 잡스는 개인용 컴퓨터를 개발했고 애플을 만들어 성공했다. 최초의 개인용 컴퓨터를 개발하는 과정에서 책이 도움이 된 것은 사실일 수 있지만, 오직 책 때문에 성공했다고 말하는 것은 그저 사람들에게 자극을 주기 위함이다. 보고 싶은 것만 보고 따라가려 하다간 스스로 지쳐 떨어져 나가기 마련이다. 독서가라고 해서 모두가 성공하지 않는다. 나를 포함한 내 주변에도 책을 좋아하고 독서광이나 글자 중독들이 많지만, 모두가 사회적 성공자들은 아니다. 이미 성공한 사람들에게 책을 잘 읽는 편이냐고 묻는다면 그렇다고 대답할 것이다. 그러나 책을 좋아하고 사랑하는 이들에게 성공했냐고 물어보면 어떤 대답이 돌아올까.

주장하는 글의 특성 5가지 중에 '근거의 적절성'이라는 것이 있다. 주장을 뒷받침할 수 있는 적절한 근거를 제시하는 방법이다. 우리는 학교 다닐 때 국어 시간에 주장을 뒷받침하는 근거를 배웠을 것이다. 이는 총 3가지로 첫 번째는 구체적인 통계 자료(수치)를 근거로 들어 뒷받침하는 것, 두 번째는 권위 있는 기관의 조사 결과를 인용하여 관련성을 뒷받침하는 것, 세 번째는 전문가의 연구 결과를 인용하여 뒷받침하는 것이다. 그래서 우리는 성공과 독서를 연결해서 이야기하는 책들을 많이 만나볼 수 있었던 것은 제발 책 좀 읽으라는 메시지를 강력하게 전달하기 위함이 아니었을까. 그런데 무서운 것은 실제로 책을 읽지 않은 사람들은 책만 읽으면 성공할 수 있다는 생각을 의외로 많이 하고 있다는 것을 주변에서 쉽게 찾아볼 수 있었다. 성공하고 싶다면 책을 읽으라는 사회의 가르침은 극단적이다. 성공을 위해서, 부자가 되기 위해서 독서 한다는 생각은 버려야 한다. 예전에는 많은 부를 축적하는 것이 성공의 잣대가 되었다. 요즘 현대인들은 다르게 생각한다. 성공이라는 기준은 과거와는 다르게 더욱 폭넓어졌다. 성공의 기준이 각기 다름에도 불구하고 많은 사람은 성공만을 위해서 책을 읽으려 시도한다. 지나치게 성공을 권하는 사회에서 이미 사람들은 지쳤다. 성공에 목마른 사람들이 넘쳐나는 이 사회에서 책만 읽어도 성공한다는 데 어느 누가 '독서 하면 안 된다.'라고 말할 수 있겠는가. 나는 어렸을 때부터 지금까지 항상 책을 가까이에 두고 사는 편이지만 독서를 하는 사람은 모두가 성공하고, 독서 하지 않으면 실패할 수밖에 없다는 그 말에 지금도 의문을 갖는다.

나는 초등학교 때부터 책에 빠졌었다. 독서 습관은 중학교 때부터 제대로 자리 잡기 시작했는데 10대 때 이미 이름만 대도 알만한 유명한 고전이며 철학책을 읽었다. 모범생이 아닌 문제를 많이 일으키는 학생이었음에도 중학교 도서관에 칸마다 꽂혀 있는 책을 오른쪽부터 왼쪽 칸 아래까지 순서대로 모두 읽는 것이 졸업하기 전까지 나의 목표였을 정도로 독서량이 많았다. 독서의 질로 따져보자면 나는 그때까지만 해도 책 읽는 속도가 느렸다. 한 글자 한 글자 꾹꾹 눌러가며 읽었다. 사회가 말하는 '독서가는 모두 성공한다.'라는 잣대를 놓고 보았을 때 나는 '양'으로도 '질'로도 성공한 사람이 돼 있어야 하지 않을까 생각했다. 수천 권의 책을 읽었고 수백 권의 메모 노트를 만들어냈지만, 부자가 되었다거나 성공한 사람이 되지 못했다는 것은 확실히 책만 읽는다고 성공하는 사람이 될 수는 없다. 여기서 독서만 하고 행동으로 옮기지 않았기 때문이라고 반박할지도 모르겠다. 그러나 내 지인들은 '생각을 행동으로 옮기는 능력'에 대해 나를 늘 칭찬했다. 생각이 많은 사람이긴 하지만 오래 한 생각들은 대부분 행동으로 잘 옮기는 사람이라는 이야기를 듣는 편이다. 책을 읽고 행동으로 옮겨도 사회적으로 성공한 사람이라고 말하기엔 아직 부족하다. 누군가에게 독서량을 자랑하기 위해 책을 읽은 적은 없다. 이상한 사람처럼 책에만 매달렸던 그 시기를 나는 후회하지 않는다. 그 시간이 아깝지 않다. 평균 이하였던 내가 평균 이상의 지적 능력과 생각의 다양성을 인정받을 수 있었다는 것만으로도 충분히 만족하고 있다. 업무에서만큼은 평균 이상의 인정을 받기도 한다. 그렇게 많은 책을 읽어도 사회적으로 성공하지 못하는 사람들이 많다. 성공해라. 성공해야 한다. 부자가 되고 싶다면 책만 읽으라고 말한다. 독서로 성공하라는 말들에 너무 집착하지 말자. 나는 평균 이하였고 많은 책을 읽고 평균 이상이 되었다고 말한다. 사람들은 독서를 해야 하는 이유에 대해 잘 알고 있다. 하지만 생각보다 꽤 많은 사람이 책을 읽는 이유가 성공하기 위해서라는 답변을 내놓는다. 성공하진 않는다고 생각하지만 그럼에도 내가 책을 읽는 이유는 있다. 성공을 목적으로 책을 읽지 않는다. 물론 독서는 내 생각의 폭을 넓혀주고 어휘력이 향상하면서 어려운 글도 읽고 이해하는 능력이 생기며 지혜와 통찰력을 가져다주기도 한다. 그러나 '책을 많이 읽으면 부자가 된다.' '독서만 하면 부자가 된다.'라는 말에만 집중하여 당연하게 생각하고 있다는 것이다.

독서만 하면 세상이 바뀔 듯 말을 하지만 세상을 바꿀 수는 없다. 독서와 성공을 연관 짓는 것은 사람들에게 잘못된 방법의 독서를 강요하고 있다. 지나가는 사람을 붙잡고 성공하고 싶은지 물어보자. 성공하고 싶지 않다고 말할 사람이 과연 몇 명이나 될 것인가. 성공의 기준이 다를 뿐 모두 자신이 정해 둔 목적에 따른 성공을 꿈꾸고 있을 것이다. 독서란 압박받고 강요받기보다 나 스스로가 즐겨야 평생 내 것이 될 수 있는 행위다. 시작도 전에 주변으로 받는 압박 때문에 포기하는 안타까운 상황을 봐왔다. 나도 사람인지라 성공에 대해 생각해보지 않았던 순간은 없었다. 하지만 현실은 평균 이하였다. 누군가는 내게 이렇게 말할지도 모른다. 책을 제대로 읽지 않아서 성공하지 못하고 부자가 되지 못했다고. 나는 이렇게 반문하고 싶다. 독서에는 정답이 없다. 이 책을 쓰기 위해서도 수백 권의 관련 책을 읽었지만, 무릎을 탁하고 때리는 대단한 독서법을 알려주는 내용은 찾아볼 수 없었다. 공통되는 부분들이 있긴 했지만, 대부분은 각자 다른 생각을 가지고 있어 기준이 달라지는 것이다. 책을 가까이에 두고 산다면 확실히 나의 삶이 지금과는 또 다른 삶이 펼쳐진다는 것에는 확신한다. 하지만 책 읽기를 성공의 기준으로 두는 단순한 생각은 버리자. 그렇지 않다면 책과는 점점 더 멀어지게 될 것이다. 책은 읽기만 한다고 해서 모든 것을 치유할 수 있게 해주는 약은 아니다. 그러니 성급하게 생각해서 책만 무조건 읽으면 성공한다는 생각은 버리자. 독서가라고 해서 모두가 사회적인 성공을 거머쥘 수는 없다.

자기계발의 독

당신은 결코 독서보다 더 좋은 방법을
찾을 수 없을 것이다.

– 워런 버핏

자기계발에서 가성비가 좋으면서도 가장 효과적인 것은 책만 한 것이 없다. 하지만 현실에서 자기계발을 책 읽기로 하는 사람을 본 적은 없다. 책을 나에 대한 투자라고 생각하지 않고 그저 소비활동이라고 생각하기 때문이다. 투자활동이라고 생각했을 때 내가 이 책에서 무엇을 깨닫고 내 것으로 만들 수 있는 부분이 있는가에 대해서 집중하게 되는데 소비활동이 되는 경우에는 돈을 주고 산 책이기 때문에 돈이 아까워서라도 억지로 읽어야 하는 일회성 물건에 해당할 뿐이다. 저렴한 가격으로 세상을 알 수 있는 것은 유일하게 책뿐이나 사람들은 그 사실을 잘 깨닫지 못하고 있다. 사람들은 바쁘게 움직이는 것으로 많은 것을 하고 있다고 착각하고 있다. 자리에 앉아 또는 누워 읽는 책 읽기는 성급한 우리에게 자기계발과 거리가 멀다는 인상을 준다. 누군가 8~9시간을 자면 게으르다는 표현을 하고 한 가지 일만 하는 사람에게 시간을 쪼개어 무언가를 더해야 발전한다며 다중작업을 강요한다. 많은 회사원이 늦은 시간까지 야근을 하고 다음날 영어회화 새벽반 수업을 듣는다. 금요일이 되면 '불금'이라는 사회 문화에 맞게 힘을 실어 힘껏 놀아야 하고 주말에는 밀린 과제나 업무를 하고 그동안 만나지 못했던 친구나 지인을 만나며 시간을 보내야만 보상을 받는 것 같은 느낌이 든다. 휴가라는 이름을 붙여 해외여행을 가도 한국인들은 새벽 4시 반에 일어나 움직인다. 한국인들은 무언가를 하면 꼭 그것에 대해 본전은 해야 한다고 생각한다. 비싼 비행기 티켓값에 대한 본전인 것이다. 이러한 방식들로 경쟁이라는 사회에 이미 무의식적으로 물들어 어디에서든지 뒤처지지 않기 위해 애쓰고 있다. 목적이 불분명하고 과도한 '자기계발'이 아닌 '자기 채찍질'로 인해 우리는 지쳐있다.

인간은 다중작업을 할 수 없는 뇌를 가졌음에도 불구하고 대한민국은 동시에 두 가지 일을 하려는 사람이 많다. 남들은 2~3개의 외국어를 하는데 다중작업이 되지 않는 나는 외계인인가 생각한다. 어쩌면 이런 단면적인 모습만을 보고 해외에서는 한국 사람들이 똑똑하다는 말을 하는지도 모른다. 한 회사원은 중국어를 배우며 동시에 영어와 일본어 수업을 듣는데 이런 모습을 보고 주변에서 멋있다며 박수를 받았다고 했다. 그 사람을 보고 나는 지금 무엇을 하고 있냐며 자책을 하는 사람들도 적지 않다. 우리는 자기계발을 하지 않으면, 또는 무언가라도 하지 않으면 불안해한다. 정확히 말하면 몸이 바쁘지 않으면 불안해한다. 무언가 하나라도 더해야 내 마음이 편안해지는 것이다. 자기계발이란 내가 모르는 분야에 관해 흥미나 재능을 일깨워 주는 것이다. 자기개발은 지식이나 재능 따위를 발달시켜주는 것을 말한다. 그러나 우리는 자기'개발'보다는 '계발'에만 집착한다. 자기'계발'을 해서 무언가를 깨닫게 된다면 그것을 발전시켜주는 '자기개발'로 이어져야 하지만 그런 것은 중요하지 않은 것이다. 일단 내 몸이 지금 바쁘기 때문에 이걸로 만족하는 것이다. 수많은 인터넷 강의를 듣고 오프라인 강의를 들으러 다니고 학원을 등록하면서 나는 성장하고 있다는 말은 한다. 이것은 어쩌면 내 마음의 안정을 위한 것일지도 모른다. 우리는 지금 자기계발 중독에 빠져 있다. 정확히 말하면 바쁘게 몸을 움직이는 것에 중독되어 있다. 바쁘게 살아가는 현대 사회에 뭐라도 해야 한다는 압박을 받고 있는 것이다. 이제는 이러한 나를 멈춰 세우고 조금 더 여유 있는 방법을 찾아보아야 할 때다. 사회 문화적인 모습을 따라가기보다 내 호흡에 맞춰 움직이는 것이 훨씬 현명하다. 바쁨 중독, 자기계발 중독, 무엇이라도 하고 있다는 마음의 안정이라는 착각과 오해는 버려야 한다. 우리는 똑똑한 민족이라는 이름에 걸맞게 조금 더 현명한 판단을 해야 한다. 물론 강의를 들으러 다니고 학원에 등록해서 수업을 듣는 것이 나쁘다고 말할 순 없다. 그러나 꼭 학원을 등록하고 몸을 바쁘게 움직여야만 마음이 편안하다면 강의를 듣기에 앞서 기본서 한 권 정도는 꼭 읽고 시작하자. 자기개발과 계발을 독서로 시작하는 것이다. 책은 내가 무엇을 읽는가, 어떻게 얼마나 읽는가에 따라 달라진다. 기본서를 읽고 수업을 듣는 것과 기본서도 읽지 않아 용어조차 모르는 상태에서 강의를 들으러 가는 것은 천지 차이다.

한 CEO는 다방면으로 책을 읽고 강의를 들으러 다닌다. 그 CEO는 내가 알아야 직원들이 좋은 아이디어를 가져왔을 때 이해하고 내 것으로 만들 수 있다고 말했다. 이것이 통찰력이다. 수십만 원짜리 강의 하나를 듣기보다 수십만 원어치 책을 사서 읽는 것은 그 무엇과도 비교할 수 없을 만큼 나를 배움의 길로 안내한다. 나는 배우고 싶은 분야에서 3권의 책을 읽기를 추천한다. 한 권은 줄기를 잡아주는 입문서, 한 권은 용어 관련, 한 권은 실제 경험했던 사람이 낸 책을 읽는 것이다. 3권 이상의 책을 읽는 것도 좋지만 독서가 습관화되지 않은 사람에게는 더 많은 책을 읽는 것이 쉽지 않다. 이 정도만 읽어도 내가 배우고자 하는 분야를 과거에서부터 미래까지의 흐름을 파악할 수 있다.

〈교수신문〉이 실시한 대학교수 독서실태 조사가 있었다. 대학교수 400여 명의 월평균 독서량은 3.7권이었다. 성인 월평균 독서량이 0.6권이다. 사실 놀라우리만치 높은 수치는 아니지만, 성인 평균 독서량에 비하면 대학교수는 많은 책을 읽는다. 연평균으로 보았을 때 연 44권 정도의 책을 읽는 것이다. 우리는 1년에 44권 여 정도의 책만 읽어도 대학교수만큼의 지식과 교양을 쌓을 수 있다. 공부라는 것은 이해를 해야 내 것이 되는데 이해가 되지 않으니 무조건 달달 암기만 하고 있다. 이는 어렸을 때 우리가 배운 주입식 교육 때문이다. 성인이 되고 나서도 여전히 학원에 가거나 강의를 들으며 이해하려고 하기보다 필기하는 것에 정신이 팔려 정작 중요한 것은 경청하지 못하고 놓치게 된다. 어쩌면 10대 때부터 깜지를 채우는 일이나 무조건 외우라는 등 떠밀기 식 교육이 아닌, 목적 있는 독서만 권유했어도 성인이 된 지금, 현재의 수준보다는 나았을 것이다.

독서는 공부를 시작하기 전에 지름길이라는 것을 사람들은 잘 모른다. 모를 수밖에 없다. 책을 읽어본 경험이 잘 없기 때문이다. 주변에 책을 읽다가 포기한 사람들을 종종 보게 되는데 그 이유는 첫 책이 재미가 없었다고 한다. 재미로 읽는 책을 적극적으로 추천하는 편이긴 하지만 자기계발 대신에 하는 독서라면 재미가 없어도 3권 정도의 책만 읽어보자. 내게 어떤 분야의 책을 읽어야 하는지 물어오는 사람에게 한 책을 콕 집어 추천해 주지는 않지만 늘 이런 말은 한다. "자신의 수준보다는 약간 어려운 책을 찾아 읽으세요." 하고 말이다. 우리는 10대 청소년이 아니다. 직접적인 경험으로 인해, 사회활동을 하면서 얻은 지혜와 통찰도 분명히 있다. 그러므로 생각이 성숙해져 있는 상태다. 이러한 상태에서는 나의 수준보다 조금 더 어려운 책을 읽는 것으로도 자기계발을 할 수 있다. 예를 들어 마케팅 분야를 배워보고 싶다면 세스 고딘의 책을 추천한다. 재테크를 배우고 싶다면 스테디셀러의 책 중 하나를 추천하고 언어를 배우고 싶다면 그 나라의 문화와 관련된 책을 읽는 것을 추천한다. 한 나라의 문화를 공부할수록 언어가 내 것이 되는 시간은 더욱 짧아진다. 한쪽으로 치우친 자기계발의 독에서 벗어나 깊이 있고 넓은 교육을 지금 당장 독서로 시작해보자. 책 읽기보다 빠르고 정확하게 무언가를 배울 수 있는 대체재는 어디에도 없다. 바쁘게 움직이는 것이 자기계발이 아니라 천천히 가되 정확히 하는 것이 진정한 자기계발이다. 더는 몸만 바쁜 자기계발로 자신을 속이지 말자. 책을 소비 행위가 아닌 투자 행위라고 생각하자. 지금 당장 서점으로 가 업무와 관련된 책 한 권을 고르자. 이때 분명히 말하고 싶은 것은 딱 한 권만 사기를 바란다. 책은 구매 직후에 가장 읽고 싶을 때인데 여러 권을 사면 그 한 권에도 집중하지 못하게 된다.

베스트셀러의 얼굴

> 지금 우리 출판계는 성형 중독에 빠져 있다. 책의
> 내용에 집중하는 것이 아니라 겉으로 보이는 치장에만
> 몰입하고 있다.
>
> – 〈베스트셀러 절대로 읽지마라〉 (모아북스, 2014) 김욱

프랑스 철학자이며 당대 최고의 지식인이기도 했던 디드로(Denis Diderot)는 출간과 동시에 많이 팔리는 베스트셀러와 오랜 시간 동안 꾸준히 팔리는 스테디셀러의 개념을 처음 거론했다. 꾸준히 오랫동안 팔린다고 해서 '롱셀러'라고 부르기도 했다. 이에 몇몇 사람들은 베스트셀러를 만드는 3가지 요소로는 3S가 있다고 말했다. 3S는 성(性)을 다뤄야 하고(Sex), 자극적이어야 하고(Sensation), 정서적이어야 한다(Sentimental)는 뜻이다. 스테디

셀러를 만드는 요건 3가지도 있었는데 이는 Legal, Legendry, Long run의 약자로 3L을 말한다. 즉, 원칙에 충실하고(Legal), 시대를 초월한 고전적인 가치를 담고(Legendry), 생명력이 길어야 한다(Long run)는 뜻이다(한국출판마케팅연구소 블로그 참고). 현대 시대에서 베스트셀러는 사회를 비추는 거울이라고도 말한다. 대형 서점에 가서 진열대에 나열된 책들을 보면 그 시대의 상황의 흐름을 파악할 수도 있다. 하지만 현대 시대의 베스트셀러와 스테디셀러는 3S와 3L과 점점 멀어지고 있다. 출판사들은 목숨을 걸고 베스트셀러에 매달리며 양심을 버리기도 하는 경우가 많아졌다. 독자들은 책을 선택할 때 제목의 영향을 많이 받는다는 심리를 알고 자극적인 제목과 예쁜 표지로 독자들을 유혹하고 있다. 지나친 마케팅과 홍보로 베스트셀러가 되는 경우가 다반사다. 제목과 표지에 집중하는 상황을 놓고 보면 문제가 될 수는 없다. 하지만 이는 내용은 상관없이 오로지 겉모습만 치장하는 현상은 잘못된 것이다. 물론 사람들이 책을 잘 읽지 않다 보니 불과 10여 년 전과는 다르게 1만 권이 넘게 팔리는 책들이 굉장히 미미한 수준이다. 1년간 약 2만여 권이 쏟아져 나오는 현대 사회에서 베스트셀러의 반열에 올리기 위해 온 힘을 쏟아붓는 것이다. 3L을 충족하는 좋은 책이어도 홍보나 마케팅을 못 하면 사람들에게서 잊힌 책으로 사라져 버리고 만다. 이렇다 보니 출판사들의 치열한 경쟁이 한편으로는 이해도 된다.

　대형서점에 가면 베스트셀러 진열대에 사람들이 늘 몰려있는 것을 볼 수 있는데 한 날 옆에 있던 사람들의 대화를 듣게 됐다. "OO 읽어봤어?" "아니, 다른 책 읽고 있어" "베스트셀러야, 책 좀 읽어." 베스트셀러를 읽지 않아 한 친구는 독서 하지 않는 사람으로 치부돼 버린 상황이었다. 독서 하는 사람과 그렇지 않은 사람을 베스트셀러를 '읽느냐 읽지 않느냐'로 분류하는 것이다. 한참 잘못된 인식이지만 대부분 현대인의 생각이 이러하므로 이상하다고 볼 수만은 없다. 이것이야말로 남을 의식해서 하는 독서다. 요즘 유행하는 책을 읽지 않으면 뭔가 뒤떨어지는 듯한 걱정이나 소외된다는 느낌이 들기도 한다. 책은 교양과 덕목을 쌓는 수단이 아닌 상품이 된 지는 꽤 오래전부터였다. 베스트셀러가 되는 조건은 좋은 내용을 가지고 있느냐가 아니다. 상품화가 얼마만큼 잘 됐느냐가 기준이 돼버린 것이다.

　〈베스트셀러 절대로 읽지 마라〉의 저자 김욱은 자본을 앞세우는 마케팅이 엉뚱한 책을 베스트셀러 목록에 올려놓는다고 말했다. 마케팅 성공의 기준으로 마이클 샌델의 〈정의란 무엇인가〉(김명철 역, 김선욱 감수, 와이즈베리, 2014)라는 책을 예로 들 수 있다. 근 8년 만에 인문서가 종합 베스트셀러의 자리를 따낸 책이다. 많은 사람의 사랑을 받으며 판매된 책이지만 이 책을 읽고 난 사람들의 반응은 생각보다 긍정적이지만은 않았다. 몇몇 사람들은 책 제목이 한국인들을 현혹시키기에 아주 좋았다고 말하기도 했다. '정의란 무엇인가'는 가독성이 좋지 못한 아쉬움이 있었다. 거기다 내용 자체도 이해하기 굉장히 어려운 책이었다. 그런데도 사람들은 이 책을 계속해서 사들였다. 그 이유로 '이번에는 답이 있을까?' '정답으로 가는 길을 더 쉽게 알려주진 않을까?' 하는 기대감으로 책을 구매했다는 리뷰들을 많이 볼 수 있었다. 또 책 출간 시기도 많은 사람의 관심을 받기에 적절했다. 당시 지방 선거 직후에 출간이 되면서 마케팅에 힘을 실었다. 또한, 하버드라는 브랜드를 따서 마케팅 목적으로 삼았다는 것은 한국인들에게 최대의 마케팅이 아닐 수 없다. '정의란 무엇인가'는 처음 미국에서 출간되었을 때 JUSTICE라는 단어만 큼직하게 쓰여 심플한 표지로 출간됐다. 한국에서는 세련된 표지는 아니었지만, 하버드라는 브랜드를 앞세워 하버드대의 강의를 간접적으로 경험할 수 있다는 인상을 제대로 풍기는 표지로 바꿔 출간했다. 미국에서는 10만 부 안팎으로 팔렸지만, 한국에서는 130만 부를 넘어선 것으로 알려졌고, 마이클 샌델 교수 역시 한 인터뷰에서 "놀랍고 말문이 막힐 정도"라고 했다. 저자인 당사자도 자신의 책이 이렇게까지 불티나게 팔릴 것이라고 전혀 예상하지 못했다고 한다. 책의 독자는 이 책을 놓고 '마케팅의 성공 예시'로 바라보는 시선도 적지 않았다. 책 표지와 제목을 보고 선택했지만, 내용은 생각보다 좋지 못했다는 아쉬움이 남는다. 물론 기대가 너무 컸던 것일 수도 있다. 그러나 그런 기대감은 제목을 보고 내가 만든 것이다. 물론 베스트셀러에도 표지와 제목에 이끌려 선택했지만, 막상 읽었을 때 좋은 책들도 있다.

그러나 문제는 현재 출판사들은 90%를 마케팅과 표지와 제목에만 투자하고 있다는 것이다. 우리는 이러한 다양한 마케팅에 속지 말아야 한다. 나는 나에게 맞는 책을 선택해서 구매했을 때보다 베스트셀러라는 이유로 책을 구매했을 때 실망감을 느낀 적이 더 많았다. 이런 경험들이 쌓이면서 베스트셀러라고 해서 무조건 책을 사서 보진 않는다. 나는 베스트셀러를 잘 읽지는 않지만 출간된 지 얼마 되지 않은 책을 사서 읽었다가 추후 베스트셀러에 오른 책들은 있었다. 그러한 책들은 베스트셀러에 오를만하다는 생각을 하기도 한다. 하지만 베스트셀러나 스테디셀러는 진열대 자체가 화려해서 이목을 끄는 데는 어쩔 수 없는 것 같다. 책이 많이 팔렸다고 해서 그 책의 가치가 높은 것은 절대 아니다.

대한민국은 워낙 등수나 순위에 예민하므로 어쩔 수 없다고 생각도 했다. 〈읽는대로 일이 된다〉(이정환 역, 세종서적, 2016)의 저자 야마구치 슈는 "나는 가능하면 베스트셀러를 읽지 않는다.

이유는 많은 사람이 읽고 있는 책을 읽는다고 해도 특별한 의미가 없다고 생각하기 때문이다."라고 말했다. 현재 우리나라의 베스트셀러는 유행이 되어버렸다. 물론 베스트셀러의 흐름은 왜 유행이 되었는가에 대해 생각해볼 수 있는 시간을 만들어 주기도 한다. 하지만 많은 사람이 선택한 베스트셀러라고 해서 그것이 꼭 진리를 말하고 있진 않으며 그저 일시적인 유행에 불과하다고 말하고 싶다. 많은 사람이 좋아한다고 해서 내게도 좋은 책이 될 수는 없는 것이다. 한때 출판사 사재기 의혹이 불거졌던 때가 있다. 나는 그 이후로 그 출판사의 책들은 보지 않게 됐다. 베스트셀러를 무조건 따라 읽기보다 나에게 맞는, 내 개성에 맞는 책을 선택해서 읽자. 베스트셀러에만 너무 집중하다 보면 언젠가 실망스러운 책들을 만나 독서와는 점점 멀어지게 된다. 물론 마케팅에 성공한 이유는 무엇인지, 왜 많은 사람이 이것을 사서 보게 되었는지 한 번쯤 읽어보는 것도 좋다. 베스트셀러라고 해서 무조건 나쁜 것은 아니기 때문이다.

개인적으로 나는 어떤 책을 읽어야 할지 모르겠으며 내가 원하는 책이 무엇인지도 모르겠다는 생각이 든다면 베스트셀러보다 스테디셀러를 추천한다. 그러나 베스트셀러도 한 번씩 읽어보고 나에게 맞는 책도 읽어보고, 읽어보고 싶었던 책도 읽어보면서 다양하게 책을 선택하자. 유행에만 따라가다 보면 내가 스스

로 선택해서 책을 살 수 있는 능력은 생겨날 수 없다. 어떤 책을
읽을 것인가의 선택은 출판사들의 마케팅이 정해주는 것이 아니
라 온전히 우리의 몫이다.

편견과 고정관념으로 인한 실패 독서

> 편견이란 그것을 향해 달려갔던 사람들의 머리에 피를
> 흘리게 하여 되돌아가게 하는 하나의 벽이다.
>
> – 오스트리아 극작가, 요한 네스트로이
> (Johann Nepomuk Eduard Ambrosius Nestroy, 1801~1862)

고정관념이란 심리학적 용어로 사람이 어떤 생각이나 관념을 가질 때 지나치게 일반화되고 고착된 사고방식을 말한다. 편견은 치우칠 편(偏), 볼 견(見)으로 한쪽으로 치우쳐서 본다는 의미가 된다. 사전적 의미로는 '공정하지 못하고 한쪽으로 치우친 생각'이 편견이다. 편견의 어원은 라틴어 '프아이유디키움(praejudicium)'에서부터 시작되는데 선례, 전례, 판례라는 의미가 있다고 한다. 이를 뜻하는 것은 '이전의 결정이나 경험에 기초하

여 판단하는 것', '동일한 사안에 대해 사실을 조사하고 고려하기 전, 이전에 내려진 판단에 의거하는 것' 등의 개념으로 사용되었다고 한다. 편견과 고정관념은 환경적인, 사회·문화적인 요인들 때문에 대부분이 형성된다. 그렇다면 독서에서의 편견과 고정관념은 어떤 것들이 있을까. 첫 번째는 바로 속독이다. 독서를 할 때는 반드시 속독이 필요하다는 고집은 한국인들의 속도에 관한 강박에서 시작된다. 모든 것을 빠르게 해야 한다고 믿는 우리 민족은 사색의 시간을 주는 독서에서도 속도를 중시하고 있다. 이러한 고정관념은 오랜 시간 이어져 왔다.

교토대학교 대학원의 교수이자 〈이과식 독서법〉(정현옥 역, 리더스북, 2019)의 저자인 가마타 히로키 교수는 "속독에 대한 강박은 지식 습득을 향한 완벽주의가 초래한 것이다. 사람들은 자기 지식이 부족하지 않을까 하는 막연한 불안을 품고 있다."라며 "각종 속독법은 정보의 홍수 속에서 허우적거리지 않기 위한 몸부림"이라고 말했다. 독서를 속독으로 하길 원하는 사람들에게 왜 속독에 집착하느냐 물으면 대부분 많은 것을 빨리 읽고 싶다는 욕심이었다. 결국에 그들이 원하는 것은 다독이다. 하지만 다독했는데도 불구하고 내게 남는 것이 없다면 실패한 독서다. 속도에만 치중한 독서를 하니 책이나 독서에 관한 이야기가 나오면 올해 몇 권을 읽었다는 말밖에 할 수 없는 것이다. 이제는 속도라는 강박관념에서 벗어나자.

　〈나는 이런 책을 읽어 왔다〉(다치바나 다카시 저, 이언숙 역, 청어람 미디어, 2001)의 저자 다치바나 다카시는 "가능한 한 짧은 시간 안에 가능한 한 많은 자료를 섭렵하기 위해서는 속독법밖에 없다."라고 말했다. 나는 자료를 섭렵하는 일, 즉 지식만을 얻기 위해서라면 사실 인터넷으로 검색하는 것이 훨씬 더 효율적이라고 생각한다. 인터넷 검색은 적은 시간으로 더 많은 내용을 빠르게 얻을 수 있다. 그러나 독서는 지식만 얻는 행위가 아니다. 혹시 지식만을 얻기 위해 독서를 하고 있다면 이 또한 실패한 독서라고 말하고 싶다. 한 권 한 권 곱씹으며 배우고 현실에 한 가지라도 대입해보려는 노력이 있어야 독서의 완성이라고 말하고 싶다. 독서가들이 쓴 독서법 책에서는 다양한 방법을 제시한다. 그들은 결국 한 가지를 말한다. 자신에게 의미 있는 독서 하기. 사회적인 속도에 발맞춰 따라가다 지친 나는 느리게 걷기 위해 독서를 한다. 독서에서만큼이라도 속도 중심에서 벗어나야 한다. 속도에 중점을 두지 않고 책에서 내 마음을 울리는 한 문장이라도 발견하게 되면 그것이 성공 독서다.

　독서에서의 두 번째 고정관념은 고전을 반드시 읽어야 한다는 것이다. 고전이란 무조건 오래된 책을 말하지는 않는다. 사전적 의미로 고전은 '오랫동안 많은 사람에게 널리 읽히고 모범이 될 만한 문학이나 예술 작품'이라는 뜻이 있다. 사람들은 고전이 무조건 어렵다고만 생각하는 것도 있다. 그렇다. 고전은 어렵다. 하지만 재미있는 고전도 정말 많다. 고전이 어려우므로 쉽게 풀이해서 나오는 책들도 많다. 그런데 고전은 어렵다는 이야기를 듣고 시도도 해보지 않은 사람들을 많이 봐왔다. 시도조차 해보지 않고 남들이 하는 말이 내 관념에 박혀 고정되어버리는 것이다. 고전 읽기를 시도해보고 싶으나 망설이는 독자라면 이지성 작가의 〈리딩으로 리드하라〉(차이정원, 2016)라는 책을 먼저 추천한다. 인문 고전을 읽어야 하는 이유를 이해하기 쉽고 재미있게 썼다. 이 책을 읽는 도중에라도 고전이 당장 읽고 싶어질지도 모른다. 이외에도 고전을 읽는 방법에 대한 독서법 관련 책도 수두룩하다. 현대의 언어로 쉽게 풀이된 고전을 읽어보는 것을 추천한다.

다음 세 번째는 통독이다. 책은 반드시 처음부터 끝까지 읽어야 한다는 강박증으로 재미도 없고 어려운 책임에도 불구하고 꾸역꾸역 읽으려 하는 것이 실패 독서다. 우리는 완벽주의자다. 책을 완벽히 다 읽어내야만 한다는 완벽주의자. 이런 완벽주의는 우리를 더욱 힘들게 한다. 자신을 완벽주의자라고 생각하는 당신이라면 한 번쯤 자신에게 되물어보길 바란다. 완벽주의자라는 나는 지금까지 완벽하게 해낸 일이 얼마나 있는가? 책 읽기에 완벽은 없다. 처음부터 끝까지 완벽하게 내 것으로 만드는 독서를 처음부터 도전하기란 절대 쉬운 일이 아니다. 누군가는 책을 한 권 샀는데 끝까지 읽지 못했다는 이유로 자신에게 실망하여 다음 책으로 넘어가지 못하고 있었다. 이러한 행동은 완벽주의자들의 심리라고 볼 수 있다. 우리나라에는 완벽주의자가 많다. 어쩔 수 없는 현상이다. 실패를 용인하지 않는 사회에서 어렸을 적부터 그러한 교육을 받아왔기 때문이다. 한 가지만 잘해도 칭찬받던 교육이 아니다. 모든 과목을 전부 다 잘해야만 다음을 선택할 수 있는 환경에서 자라다 보니 어쩔 수 없이 완벽주의자가 된 것일지도 모른다. 사회적으로나 문화적으로나 우리에게 완벽주의자가 되라고 부추긴다. 완벽해야 한다는 강박 속에서 나 자신을 너무 조이면서 독서를 시작하려고 하는 것은 아닌가 한 번쯤 생각해보자. 완벽하지 않은 인간이 완벽을 추구한다는 말이 있다. 한 권 한 권을 완벽히 읽어내야 한다는 목표를 달성하지 못해도 괜찮다. 책을 읽는 그 과정 속에 투입된 노력과 결과에서 얻는 배움은 결코 헛된 것이 아니니 말이다. 책 한 권을 완벽하게 독파해야 한다는 생각은 잠시 접어두자. 책을 한 권 사서 읽다가 잘 이해가 되지 않고 어렵게 느껴진다는 것은 내 수준과 맞지 않는 책을 선택했을 수도 있다. 그러니 그러한 책들과 완벽주의자인 내가 싸울 일은 전혀 없다는 것이다. 그럴 때는 과감히 덮어라. 이해하지도 못하는데 글자만 내리읽어내는 것은 독서가 아니다. 그런데 생각보다 책을 읽는 도중에 덮는 일이 쉽지 않다. 이유는 매몰 비용 효과(Sunk Cost Effect)때문이라고 볼 수 있다. 매몰 비용 효과란 일단 지출한 후에는 어떤 선택을 하든지 회수할 수 없는 돈을 말한다. 다시 말해 매몰 비용 효과는 투자가 아까워서 도중에 그만두지 못하게 되는 현상을 말하는 것이다. 내가 돈을 주고 산 책은 매몰 비용 효과라는 심리 때문에 처음부터 끝까지 다 읽어야만 할 것 같은 생각이 드는 것이 이 때문이다. 지금 당장 책을 덮으라고 말한 것은 그 책을 읽어야 할 때가 단지 지금이 아니라는 것이다. 독서를 하다 보면 속도가 붙기 시작하고 어휘력이 쌓이고 글자를 읽는 눈이 만들어지면 그때 처음부터 끝까지 통독하지 못했던 책을 다시 도전해보자. 전에 내가 왜 이 책을 어려워했는지 이해하지 못할 수도 있다. 단지 지금 내게 어렵고 흥미가 없는 책이라면 미련을 두지 말고 과감히 덮어라.

완벽을 추구하고 책이란 처음부터 끝까지 읽지 않으면 독서가 아니라는 고정관념은 실패 독서로 이어지고 만다. 물론 고정관념과 편견이 무조건 나쁘다는 것은 아니다. 그런데 나만의 고정관념을 인지하지 못하고 있다면 나쁜 것이 된다. 고정관념과 편견은 바뀌기가 쉽지 않다. 그중에서도 남들의 말에만 휘둘려 생긴 편견은 좋지 못한 것이다. 나이를 먹을수록 고정관념은 더 두꺼운 벽처럼 만들어진다. 두꺼운 벽 같은 고정관념은 독서를 통해서 허물 수 있다. 얼굴도 모르는 저자의 생각과 관념을 알게 되었을 때 그것은 나의 내면으로 들어와 나의 고정관념을 조금 더 허물어준다. 내가 독서에 관한 고정관념이나 편견은 어떤 것들이 있는지 다시 생각해보자. 나의 벽을 인지하고 독서를 시작한다면 지금 당장 독서를 시작하는 것보다 훨씬 더 수월하게 책이 읽혀질 테니 말이다.

성격 급한 대한민국

> "너무 빨리 읽거나 너무 느리게 읽으면 아무것도
> 이해 못 한다(When we read too fast or too
> slowly, we understand nothing)."
>
> – 볼레즈 파스칼, 프랑스 철학자

    우리는 빠름의 민족이다. 한국의 빨리빨리 문화는 세계적으로 유명하다. 한국인들의 빠른 속도는 5G를 가능하게 만들었다. 속도에 굉장히 민감한 한국인들은 모든 상황에서도 속도를 중시한다. 이 속도 경쟁의 시작을 알아보기 위해서는 시대를 거슬러 올라가야 한다. '정의할 수 없다.'라는 'X'를 빗대어 만들어진 X세대는 경제적으로 풍요로운 시기 속에 성장했는데 금전적으로 원하는 것을 대부분 얻을 수 있었던 세대였다고 말한다. 워크맨과 삐삐를 사용하면서 X세대의 개성파는 이때부터 시작됐고, X세대가 사용하던 삐삐는 숫자 '8282'를 사용하며 한국인이 '빨리빨리 민족'임을 증명했다. 급한 성격을 소유한 민족의 나라는 작지만 강한 나라, 대한민국은 급성장으로 발전할 수 있는 계기가 됐다. 그로 인해 IT 강국이 될 수 있었고 스마트폰 보급률도 2013년 통계, 세계 1위라는 자리를 차지할 수 있었다. 논과 밭뿐이던 도시를 단시간에 고층 건물을 세워 올린 것 역시 세계적으로 유명하다. 사회적으로 비만이 적은 이유도 빨리빨리 문화가 한몫했다고 볼 수 있다. 민주화와 산업화를 동시에 이루면서 경제를 성장시켜 모든 속도를 빠르게 받아들이기 시작했고 이로 인해, 일 처리를 할 때도 속도를 기준으로 놓고 일 잘하는 사람과 일 못 하는 사람으로 구분되어 능력을 판단하기도 한다. 이처럼 뭐든지 빠르게 생각하는 경향으로 인해 생긴 부작용도 적지 않다. 성격 급한 한국인들이 건물도 빠르게 지어야 하므로 부실 공사로 인한 붕괴 사고로 끔찍한 대참사가 있었고, OECD 국가 중 한국의 교통사고 사망률도 매년 감소하고 있음에도 불구하고 여전히 상위권을 차지하고 있다. 특히나 한국의 빨리빨리 문화가 잘 드러나는 것 중 하나가 교통이라고 한다. 운전할 때 신호가 바뀌지 않았는데도 바뀔 것을 예측하여 미리 출발한다. 한국의 지하철은 이용하기 쉬운 노선으로 세계 1위를 차지하고 있다. 그러나 한국인들은 대부분 대중교통에 대한 불만을 느끼고 있다. 한국인들의 성향을 이런 사례들로 잘 알 수 있었다. 한때 한 피자 업체에서 30분 배달을 놓고 마케팅을 한 적이 있었다. 30분 이내에 피자가 배달되지 않으면 피자는 무료였다. 꽤 많은 화제를 모았고 호기심을 느낀 사람들로 인해 그 피자는 불티나게 팔렸다. 하지만 그 때문에 피자 배달을 하던 많은 젊은 청년들이 목숨을 잃었다고 한다. 이 외에도 한국에서는 웹사이트가 3초 안에 반드시 열려야 하고 카드로 결제를 하고 나서도 서명은 주인이 대신해야 한다. 천천히 계산하고 서명을 권유받으면 짜증을 내는 사람을 만날지도 모르니 말이다. 고기를 구울 때는 쉬지 않고 계속해서 고기를 뒤집는 행동을 일삼아 줘야 한국인이라는 사람도 있었다. 엘리베이터의 닫힘 버튼에 늘 흠이 난 모습부터 주문한 음식 배달이 1시간 후에 도착한다면 후기에 배달이 늦다며 불평을 늘어놓는 것까지 모두 한국에서는 당연한 일이 되어버렸다.

속독은 눈알 굴리기 운동이다

속독은 책 한 페이지를 4등분 한 뒤, 중간에 점을 찍어놓고 시작한다. 그 점을 바라보았을 때 주변에 있는 글이 내 시야에 흐릿하게나마 들어오는 방식으로 배우는 것이 속독이다. 한 마디로 글자를 억지로 나의 시야 안에 구겨 넣는 것이다. 속독의

단점을 말하는 사람들은 대부분 속독은 눈알 굴리기 운동이라는 말을 했다. 눈알 굴리기 운동은 내 시야에 글자를 최대한 많이 구겨 넣는 것이지만 책 읽기는 내 머리나 가슴에 집어 넣어두고 사색하며 꺼내 보는 행위다. 아인슈타인은 "책은 눈이 아니라 뇌로 읽는 것이다. 우리는 보이는 것을 읽는 게 아니라 생각하는 것을 읽는다. 진정한 독서는 훈련을 통해 몸을 단련하듯 우리의 생각을 단련하는 것이다."라고 말했다. 이처럼 속도에 관한 한국인들의 인식은 독서에서도 드러난다. 속독은 '빠를 속' '읽을 독'이라는 한자로 해석할 수 있는데 책을 빠르게 읽는 것을 말한다. 한때는 속독이 유행처럼 번져 필수 사교육 중 하나로 생각하기도 했다. 빨리빨리 문화에서 생긴 강박증이 속독을 유행시켰다. 속독의 장점은 내가 원하는 정보를 뽑아 골라 읽을 수 있다는 점이다.

나는 투자회사에 다닐 때 신문사별로 신문을 읽고 회의가 시작되기 전 상사에게 요점만 정리하여 브리핑해야 했던 때가 있었다. 책을 나름 오래 읽어 속도가 붙었던 나였지만 모든 글을 다 읽어야 한다는 글자 중독이었기 때문에 골라 읽기는 쉬운 일이 아니었다. 속독을 배우고 나서는 6개의 신문을 한 시간도 채 되지 않고 읽어냈다. 브리핑은 성공적이었으나 회의가 끝나면 모두 내 머릿속에서 지워져 있었다. 당연히 업무에도 응용할 수 없었다. 사람들은 독서라는 공통사가 나오면 '몇 권이나 읽어?'라는 당연하게 물어본다. 책을 좋아한다고 했을 때 '어떤 분야 좋아해?'나 '어떤 작가를 좋아해?'라는 질문을 들어본 적은 없다. 이런 상황을 성취 지향적인 독서만 강요하는 잘못된 사회의 모습이라고 말하고 싶다. 책 읽기는 절대 속도에만 집중한 양으로 승부를 겨룰 수 없다. 천 권 만 권을 읽었다 해도 내 것이 되지 않으면 시간 낭비가 될 뿐이다. 그런데도 누군가는 속독법으로 책을 읽어서 모두 내 것으로 만들어야 한다고 말한다. 더 많은 책을 읽어야만 한다고 강요하고 있다. 지나친 독서량과 지나친 속독법을 강요받으며 책이 싫어졌던 적이 있다. 우리는 사회에서 많이 읽는 것만 중요하고 빨리 읽는 것만이 중요하다고 강요받고 있다. 성격 급한 대한민국 사람들은 무엇이든지 빠르고 많은 것을 한 번에 습득하려는 강박증을 갖고 살아간다. 이는 우리의 탓은 아니다. 하지만 의식적으로 '양'적인 독서의 강박증을 버리기 위해 우리는 노력해야 한다. 오로지 숫자에 집착해 많은 책을 읽어내는 것은 별 의미가 없다. 한 권의 독서를 깊게 읽는 것이 가장 중요하다. 훑어 읽은 책은 내 것이 되지 못한다. 하지만 한 권의 책을 깊이 읽고 다독하고 사색하면 평생 내 안에 남아 있다. 이런 방식의 책 읽기로 평균 이하였던 나는 평균 이상이 되었다. 책 읽기는 속도가 아니라 목적이 중요하다. 어떤 목적을 갖고 책을 읽느냐에 따라 달라지는 것이 독서인데 '질'이 아닌 오직 '양'으로만 승부한다면 평균 이하에 머무르는 사람이 될 수밖에 없다. 물론 속독도 유용할 때가 있다. 여전히 나 역시 상황에 따라 속독을 할 때가 있다. 하지만 속독 학원에서 배웠던 방식의 속독은 하지 않는다. 독서 하는 습관이 생기면 나도 모르게 속도가 붙는다. 처음 책을 읽는 사람들이 속도가 느린 이유는 글자를 읽을 일이 잘 없었기 때문에 적응하지 못했을 뿐이다. 한국인은 빠름의 민족인 동시에 똑똑한 사람들이 많은 민족이다. 책을 한두 권만 읽어보아도 '내가 글을 읽는데 속도가 붙었구나'라는 사실을 금방 알아챌 수 있을 것이다. 하지만 나는 그전까진 독서의 목표를 '양'이 아닌 '질'로 승부를 보라고 말하고 싶다. 〈책을 삼키는 가장 완벽한 방법〉(봄풀출판, 2016)을 쓴 김세연 저자는 속독에 관한 생각으로 "빨리 달리는 기차 안에서 창밖의 멋진 풍경을 감상할 수 없다."라는 표현을 쓰기도 했다. 100권의 책을 속독해서 읽는 것보다 1권을 슬로우 리딩하는 것이 100배의 효과를 더 얻을 수 있다. 책을 빨리 읽는 데에만 집중하지 말자. 빠름이란 모두 내 곁을 스쳐 갈 뿐이다. 내 곁에 오래 남을 수 있는 저자를 만나 책과 대화해보자. 책을 한 권, 한 권 읽어나갈 때마다 내 마음에도 나도 모르는 마음의 안정과 양식이 한층, 한 층 쌓여나갈 것이다.

읽어도 이해할 수 없는 우리

> 사람들이 책을 읽는 것을 어려워하고 있는데,
>
> 이는 우리 시대의 큰 손실 중 하나이다.
>
> – 〈리더는 무엇으로 사는가〉 (김명희 역, IVP, 2013) 저자 고든 맥도날드

　　20세기에 들어서 독서가 본격적으로 대중화되기 시작한 건 해방 이후인 1945년 이후부터였다. 통계에 따르면 1940년대 우리나라는 78%가 글을 읽을 줄 모르는 문맹이었다고 한다. 그때부터 나라는 문맹률을 낮추기 위해 문맹 퇴치 운동을 만들기도 하며 사람들이 글을 읽을 수 있도록 힘썼다. 국가에서는 공공 도서관을 더 많이 설립했고 기존의 공공 도서관에 다양한 책을 구비할 수 있도록 노력을 기울였다. 여러 독서 관련 캠페인

을 만들며 농촌에 있는 농부들에게까지 독서의 중요성을 알리기도 했다고 한다. 그 결과 대한민국은 1950년대 이후로 국내 문맹률이 꾸준히 감소하여 1~2%에 불과한 놀라운 결과를 가져다주었다. 문해율이 99.8%에 달했다고 한다. 광복 직후에 국민 10명 8명이 문맹이었던 것을 생각해보면 놀라울 만하다. 우리나라가 문맹률 제로에 가까운 나라라는 꼬리표를 달며 해외에서는 한국인들은 똑똑하다, 한글의 우수성은 놀랍다 등 다양한 찬사를 보내기도 했다. 하지만 이 영광은 오래가지 못했다. 2001년, 글자만 읽을 줄 아는 문맹률 통계 조사는 의미가 없다는 이유로 OECD는 실질 문맹률을 조사했다. 대한민국은 실질 문맹률 75%라는 결과가 나왔다. 실질 문맹이란 문장이나 '글을 읽고 나서 얼마만큼 이해할 수 있는가?' 이다. 문맹은 퍼센트가 낮을수록 글을 못 읽는 사람이 없다는 뜻이다. 실질 문맹은 퍼센트가 높을수록 글을 읽어도 이해할 수 없는 사람이 많음을 의미한다. 문맹률이 전 세계에서 가장 낮은 수준이었던 한국이 실질문맹률은 OECD 국가 중 가장 높은 수준이 됐다. 글을 읽을 줄 아는 대한민국 사람들은 읽어도 이해할 줄 모른다. 글을 읽고도 옆 사람에게 이게 무슨 뜻이냐며 다시 묻는다. 읽어도 이해할 수 없는 지경에 이르렀다. 책과 멀어지고 스마트폰과 가까워지는 사회가 되면서 인터넷에 떠도는 틀린 맞춤법, 비표준어, 비문 등과 친숙해지고 있다. 사회 곳곳에서도 잘못된 한글이나 비문이 홍수처럼 넘쳐나지만 지적할 줄 모른다. 모르기 때문이다. 지금 대한민국은 다시 1940년, 독서를 강요하던 때로 돌아왔다. 다시 사회는 2000년대로 들어서면서부터 독서하기를 강하게 권유하고 있다. 그러나 1940년대와는 다르게 책을 읽는 사회가 쉽게 현실화되지 않고 있다. 약국에서 받는 약 봉투에 쓰여 있는 글을 읽어도 우리는 이해할 수 없어 약사에게 설명을 들어야 하고 보험 약관을 읽어도 이해할 수 없으므로 서명부터 해버린다. 한 지인은 신문을 구독해보고 싶은데 도통 무슨 말인지 알 수 없어서 읽지 못하겠다는 말을 하기도 했다. 우리는 읽을 줄 알면서도 이해할 수 없다. 이해할 수 없으므로 읽는 행위와 멀어질 수밖에 없다. 이런 악순환이 계속해서 반복되고 있는 것이 현대 사회의 현실이다.

2004년 KEDI(한국교육개발원)에서 실시한 조사에 따르면 약 8%의 사람들이 아주 간단한 단어를 읽거나 쓰지 못하는 것으로 조사됐는데, 20%는 기능적 문맹 층인 것으로 밝혀졌다. 기능적 문맹이란 읽고 쓰는 것을 조금은 할 수 있으나 사회나 경제적인 관계 내에서 충분한 자질을 갖추지 못한 사람을 뜻한다. 대한민국 국민은 난독증이 거의 없다. 난독증은 시각이 정상임에도 불구하고 읽지를 못하는 것이다. 난독증은 없으나 글을 읽고 이해하는 실질 문맹에 빠졌다. 성인 22%는 약관이나 설명서를 읽고 이해하지 못한다는 연구 결과도 있다. 청소년들은 문제를 풀 때 문제를 읽고도 이해하지 못해 풀지 못하는 경우가 다반사다. 내가 학원에서 근무할 때 많은 학생이 "선생님, 문제를 이해하지 못했어요."라는 질문을 숱하게 듣기도 했다. 막상 설명을 쉽게 해주면 그제야 문제를 풀었다. 답을 알고 있음에도 불구하고 문제를 이해하지 못해 풀지 못한 채 머리를 싸매고 있다. 책을 멀리하는 사회가 이러한 현실을 만들었다. 책이란 재미없다. 고리타분하다. 책을 강요하는 것은 고루한 어르신들의 생각이다. 책은 억지로 읽어야 하는 것, 많이 읽어야만 효과가 있다는 선입견을 품고 있다. 또한, 긴 글을 읽는 것을 회피하는 사회로 굳어져버렸다. 인터넷에 올라온 한 칼럼 밑에 베스트 댓글은 '누가 요약 좀' 이었다. 그 외에도 '길어서 못 읽겠다.'라는 글이 이어져 나왔다. 검은 것은 글자고 흰 것은 배경이라고 생각하는 사람들이 많아졌다. 마케팅이나 광고, 홍보할 때도 요점만 간단히, 글을 쓸 때도 단조롭고, '짧고 강하게'라는 것이 사회적 문화가 되어버렸다. 이렇듯 긴 글을 읽지 않는 문화가 되다 보니 책을 멀리하는 이유 역시 당연해진 것일지도 모른다. 문맹 퇴치 운동을 실시했던 1940~50년대로 다시 돌아가야 하는 것이 어쩌면 현명한 방법이지 않을까. 글자만 보지 말고 글을 읽고 이해를 해야 하는데 그렇지 못한 사람들이 점점 더 많아지고 있다. 나의 문해력을 높이고 실질 문맹률을 낮추며 보험 약관을 읽고도 이해할 수 있는 능력을 갖는 것으로는 독서만 한 것이 없는데 많은 사람이 이 좋은 것을 모르고 산다는 것이 아깝기도 하다. 어쩌면 읽을거리가 너무 많아진 사회에서 살다 보니 글의 소중함을 모르고 간단명료하고 빠르게 이해할 수 있는 것만을 찾는 것일지도 모르겠다.

과거에는 동서양을 막론하고 서민이나 노예들에게 책 읽을 기회를 주지 않으려고 힘썼다는 역사를 확인할 수 있는데 목숨까지 걸며 책을 읽고 글을 배우려 했던 노예들이 있었다. 책을 읽다가 들킨 노예들은 종이를 넘기지 못하도록 집게손가락 한 마디를 잘라내기도 했다는 것을 책을 통해 알았다. 〈다시 시작하는 독서〉(박홍순, 비아북, 2016 참고)에서 진시황은 중국을 통일하고 진나라를 세웠는데 이 시대에 '분서갱유'가 일어났다. 분서갱유는 진시황이 농사나 의술에 관한 책만 남겨 놓고 나라 안에 있는 모든 책을 불태운 사건을 말한다. 그 이유가 뭐라고 생각하는가? 많은 현대인과 백성들이 책을 읽고 판단력과 사고력이 생기면 자신의 통치가 쉽지 않을 것 같아 두려움을 가졌을 것이다. 책을 불타지 않도록 숨겨두는 학자들이나 백성들한테 큰 벌을 내리기도 했다. 이와 비슷한 상황에 히틀러라는 사람이 있다. 히틀러는 자신이 저지른 일이 책을 통해서 잘못이 들통이 날까,

책을 모두 불태우기도 했다. 이처럼 오랜 시간 지배계층은 피지배계층이 글을 읽지 못하도록 했다. 그들은 문맹일 때가 다스리기 가장 쉽다는 것을 이미 잘 알고 있었던 것이다. 즉, 책의 위력을 너무 잘 알고 있었다. 책을 읽으면 이해력이 생기고 잘잘못을 가릴 줄 아는 능력 있는 사람이 되는 것을 두려워했던 것이다. 우리는 스스로 선택해서 문맹으로 다시 돌아가려고 하고 있다. 어려운 고전을 읽으면 문해력이 좋아지며 어려운 글도 이해할 수 있다고 말하려는 것은 아니다. 고전은 정말 어렵다. 나는 처음부터 고전을 읽고 철학적이고 인문학적인 책만 읽으라고 하지 않는다. 가독성이 좋고 줄 간격이 넓으며 글자가 큰 얇은 책부터 읽는 것. 우리가 실질 문맹에서 벗어나는 첫걸음이라 생각한다.

얇고 가독성이 좋은 책부터 읽자. 책에는 비문과 틀린 맞춤법이 없느냐고 누군가 물어온 적이 있다. 책이 서점에 출간되기까지 저자와 출판사는 수십 번의 수정과 검토를 거친다. 비문이 있는지 오타나 띄어쓰기가 잘못된 것은 없는지 수도 없이 확인하고 또 확인한다. 물론 인쇄 과정에서 오타가 나올 수도 있지만 그런 경우는 극히 드물다. 이러한 과정을 거치기에 우리가 사서 읽는 책에서 비문이 많은 책을 만나기는 굉장히 어려운 일이다. 넋 놓고 스마트폰을 바라보는 것에 적응된 우리의 뇌는 집중력을 요구하는 책을 읽는 것이 처음부터 쉬울 순 없다. 사람들은 책을 한 번 펼치면 끝까지 읽어야 한다는 강박관념을 심각하리 만큼 갖고 있기 때문에 그 강박증을 해소할 수 없다면 얇은 책부터 읽기를 권한다. 지금 당장 얇고 쉬운 책부터 스마트폰으로 검색해 장바구니에 담아 주문하자. 그것이 실질 문맹 퇴치로 가는 첫걸음이다.

지나친 독서로 얻은
부정적인 영향

가장 도움이 되는 책이란
많이 생각하게 하는 책이다.

– 테오도르 파커(Theodore Parker, 1810~1860)

　　세상에서 가장 좋은 책을 찾으려 한 적 있다. 누구나 좋아하고 누구에게나 인정받을 만한 책을 찾아서 읽기만 하면 나의 모든 게 달라질 줄 알았다. 다른 사람들이 재미있다고 말하는 책, 추천하는 책, 유행하는 책 모두를 읽고자 했다. 베스트셀러, 스테디셀러를 빠짐없이 읽는 것은 기본이었다. 고전문학은 필수이며 추천 도서 100선을 읽지 않으면 독서하지 않는 사람이라는 생각을 했다. 신문에서 광고하는 책, 지나가는 버스에

붙어있던 책 광고까지 스마트폰 메모에 저장해놓고 읽었다. 어떤 유명한 기업이 주주들에게 추천한 책이 있다는 말을 들으면 모조리 찾아 읽었다. 압박감에 시달려 잠을 줄여가며 책을 읽었다. 책을 하루라도 게을리하면 읽어야 할 책 목록에 권 수가 늘어났고 읽어야 할 책들이 늘어날수록 나는 불안했다. 밥을 먹을 때도 읽었고 길을 걸을 때도 화장실에 갈 때도 읽었다. 친구들과 동네 호프집에서 맥주를 한 잔 마시기 위해 모였을 때도 책을 들고 다녔다. 메뉴 주문을 하고 친구들이 이야기를 나눌 때 안주가 나오기 전까지 술집 조명 아래 책을 펼치고 있었다. 한창 심하던 때에는 친구들이 책을 뺏어가기도 했다. 나는 그렇게라도 하지 않으면 잠이 오질 않았다. 만난 친구들에게 미안한 마음에 책을 덮어놓고도 속으로는 빨리 집에 가고 싶다는 생각뿐이었다. 책을 읽고 싶어서 안절부절했다. 나는 그렇게 늘 불안했다. 심적으로 많이 힘들어하던 때에 의사가 당분간은 책을 읽지 말라는 이야기를 했을 때 인생이 끝난 줄 알았던 시간도 있었다. 책을 읽지 않기 위해 노력할수록 불면증은 더 심해졌다. 시간이 지난 오늘에서야 책만 읽던 시간을 후회했다. 책'만' 읽으면 바보가 된다는 것을 느꼈다. 독서에만 매달리기 시작하면서부터는 더 바보가 되어갔던 것 같다. 이렇게 무리한 독서 행위의 부정적인 효과가 조금씩 드러나는 것 같았다. 책에 대한 신뢰가 더욱 커져 참고하거나 조언과 충고를 받아들이고 사색하는 정도가 아니라 맹신하는 수준이 되어 버린 것이다. 나는 책에 나온 내용처럼 살고 있지 않다는 생각에 내 잘못이라며 내게 채찍질을 하기도 했다. 깊은 사색보다 무분별한 독서로 부작용을 불러온 것이다. 그 이유는 내 안에 중심이 없었기 때문이다. 내 안에 기준이 없었고 기초적인 근본이 쌓여있지 않아 책이 말하는 대로 휘둘리기만 했다. 10대 때에는 책만 읽으면 무조건 성공하는 줄 알았다. 성공이 무엇인지도 모르면서, 나만의 성공 기준도 없으면서 그저 성공한 사람이 되는 줄만 알았다. 책은 읽고 싶고 부작용은 느껴지기 시작하면서부터 독서 방법에 관해 관심이 생기기 시작했다. 내가 잘하고 있는 것인가를 누군가에게 점검받고 싶다는 생각이 생겨나기 시작한 것이다. 또 다른 사람들은 어떻게 책을 읽는지 조금씩 궁금해지기 시작했다. '책을 한 장 한 장 씹어 먹듯 읽어야 한다.' '독서는 무식하게 하는 것이다.' '밑줄 긋고 메모하고 필사하지 않으면 책을 읽은 것이라고 말할 수 없다.' 식의 이야기 등이 있었다. 독서법을 읽다가 나와 다른 부분이 있으면 '내가 책이 알려주는 대로 살고 있지 않구나.'라는 생각에 더 나를 재촉했다.

1만 시간의 법칙을 말하는 말콤 글래드웰의 책 〈아웃라이어(Outliers)〉(노정태 역, 김영사, 2009)가 베스트셀러에 오르면서 '1만 시간의 독서를 해라', '1만 시간을 공부하면 전문가가 된다.'라는 내용의 책들이 쏟아져 나왔다. 1만 시간의 법칙이 유행처럼 번졌다. 이 책의 내용을 간략히 이야기하자면, 1만 시간의 법칙이란한 가지 일에 큰 성과를 이루기 위해서는 1만 시간 동안 학습과경험을 통해서 사전 준비나 훈련이 이루어져야 한다는 것이다.하지만 수많은 독서법 책을 읽고 깨달았다. 독서법에 정답은 존재하지 않는다.

스스로 많은 책을 읽었다고 생각했다. 그저 숫자로만 많은 책을 읽은 것을 후회했다. 내가 한 후회 역시 누군가가 알려준 것이 아니다. 스스로 책을 읽으며 깨달은 것이다. '독서 방법을 바꿀 필요가 있겠다'라고. 내가 가진 능력보다 훨씬 더 많은 책을읽기 위해 무리했다. 시간이 지날수록 책을 지나치게 읽으면서우울해지기도 했다. 지금 생각해보면 나를 돌아보지 않고 책을골라 읽었다. 남의 입맛에 맞는 책만 읽었다. 감정과 생각이 바닥을 기어 다니듯 자존감과 자신감이 없던 때가 있었다. 그때의나를 이해해주는 것은 오직 책이었다. 그럴수록 책에만 매달렸다. 누군가에게 내 전부를 이야기하고 설명하며 나 좀 살려달라고 말할 수 없었던 시간이었다. 그럴수록 책에만 매달린 것이다.책을 끌어안고 잤다. 책을 손에서 놓지 않았다. 냉장고에서 음식을 꺼낼 때도 한 손에는 책이 쥐어져 있었다. 참 바보 같다고 생각할 수도 있다. 그때는 바보보다 훨씬 더 바보였던 때였다. 그때 당시 성공 에세이에 관련된 책들을 많이 읽었다. 현실과 이상은 점점 멀어지고 그 틈을 좁혀나가는 데 몇 년이 걸렸다. 그런 책만 수백 권을 읽었으니 자신을 채찍질할 수밖에 없었다. 인생 바닥이라는 말을 쓰며 쓰디쓴 실패의 맛을 본 사람이 성공궤도에까지 오르게 된 책, '나는 자살 기도를 했었지만 지금은 행복합니다.'라고 말하는 사람들의 책들을 읽었다. 그럴 때마다 "나는 왜 안 되지? 한심하다."라는 생각으로 나를 채찍질했다. 그럴 때 일수록 책 분야를 바꿔 읽었다. 이번엔 명상, 마음을 비우는 책이나 공감과 위로를 해주는 책을 읽었다. 그러나 거기서도 부작용은 생기기 시작했다. 어떤 책에서는 한 사람의 사례를 써놓고 그에 대한 위로와 공감을 쓴 내용이었다. 사례로 쓰인 그 사람의 인생은 정말 불행해 보였다. 그럼 또 난 이렇게 생각했다. "나보다 더 힘든 환경에 놓인 사람도 있는데 내가 뭐라고 이렇게 살고 있는 걸까?" 남과의 비교로 또 나를 채찍질했다. 그때의 기분이 우울해서 그런 것이 아닌 그런 책들'만' 미친 듯이 읽으면서 그렇게 변한 것이다. 무분별하게 읽은 책이 내게 부작용을 일으킨다는 것을 조금씩 느끼기 시작했다. 물론 책은 다른 것들에 비해 굉장히 부작용이 적은 편이다. 대신 어떤 것을 어떻게 읽느냐에 달렸다. 하지만 나는 적당한 독서로도 충분하다는 사실을 몰랐다. 무분별하고 목적 없는 독서를 했고 사색 없는 독서를 했다. 그저 숫자에 집착해 많이 읽기만 하면 오프라 윈프리, 빌 게이츠가 되는 줄 알았다. 마케팅에 속는 줄도 몰랐다. 독서는 숙제가 아니다. 책은 선택이고 자유다. '책 읽으니까 좋더라. 너도 읽어봐.' 하면 독서를 하겠다고 생각하는 사람들이 있지만. 반면에 '독서를 안 하면 인생이 제자리야'라는 말을 어디선가 듣고 와서는 그 부담감 때문에 시작도 못 하는 사람을 본 적도 있다. '지나침은 오히려 모자람만 못하다'라는 말도 있지 않은가.

과유불급(過猶不及)에서 유(猶)는 '지나친 것과 미치지 못하는 것은 같다'라는 의미를 뜻하기도 한다. 독서를 잘해야 한다고 압박받지 말자. 부담이 되는 순간 독서는 멀어진다. 지나친 독서로 부정적인 영향보다 긍정적인 영향이 훨씬 더 많다. 지나치게 독서를 하는 것이 아니라 한 권의 책을 깊이 읽는 것이 최고의 독서 방법이라고 말하고 싶다.

제2장
평균 이하의 독서

평균의 개념

나는 평균 이하였지, 이상은 결코 아니었다.
평범한 지적 능력, 평범한 신체 능력을 가진
사람이라면 누구나 내가 받았던 고전 독서교육을
성공적으로 해낼 수 있다.

– 존 스튜어트 밀 〈자서전〉 (최명관 역, 창, 2010)

　다양한 연령층이 이해하기 쉽도록 '평균'이라는 단어의 사전적 의미를 찾아보았다. 평균이란 '여러 수나 같은 종류의 양의 중간값을 갖는 수'라고 알려주고 있다(*네이버 어린이 백과사전). 문화체육관광부가 조사한 '2019년 국민독서 실태조사' 보고서에 따르면, 종이책과 전자책을 합친 한국 성인들의 연간 평균 독서량은 7.5권으로 조사됐는데, 한 달에 1권도 읽지 않는다는 사실을 알 수 있었다. 평균은 모든 분야에서 주로 활용하는 주요 지표 중 하나이다. 크고 작은 편차들을 없애서 중간값을 갖는 것이 평균인 것이다. 우리는 대표적인 것을 평가하거나 비교하거나 분석할 때 평균을 구한다고 배웠다. 평균이 도대체 무엇이길래 평균 이하였던 내가 평균 이상이라고 감히 말할 수 있을까 고민했던 시간이 있었다. 내가 평균 이상의 평가를 받고 있다는 사실을 처음 알게 됐던 곳은 당시 다니고 있던 회사에서였다. 한날 회사 상사가 내게 말했다. "너는 생각하는 거나 행동하는 거나 다 평균 이상이지. 회의시간 아이디어를 내는 것만 봐도 알수 있잖아." 그때부터 평균 이상이 무엇인가에 대해 깊이 생각했다. 평범한 사람들 속에 하나였던 나는 언제부턴가 그들 사이에서 그 이상의 인정을 받기 시작했다. 나는 똑똑하거나 현명한 사람은 전혀 아니었으므로 처음에는 무엇 때문인지 몰랐다. 이후나는 남들과 나의 차이점을 깨달을 수 있는 사건이 하나 있었는데 그것은 바로 독서하는 습관이었다. 남들과 나의 차이가 고작독서하는 습관에 있다는 것을 알게 되었을 때 자신에게 놀라움과 신기함을 느끼기도 했다. 처음에는 책을 전혀 읽지 않는 남과한 권이라도 읽는 나를 놓고 비교하기도 했었다. 하지만 독서 습관이 자리 잡기 시작하면서 독서의 평균을 정하기 위해 남과 비교는 하지 않게 됐다. 의미가 없다는 것을 깨달았기 때문이다. 평균의 개념을 이해하기 쉽도록 독서량 통계를 보여주었지만, 오히려 1년 전 나와 올해 책을 읽는 나를 놓고 비교하는 것이 평균 이상의 내가 될 수 있다는 것을 깨닫게 됐다. 예를 들어 내가 2년 전 10권을 읽었고, 1년 전 12권을 읽었다면 올해는 14권만 읽어도 평균 이상이 된다. 물론 쫓기듯 '권' 수에만 집착하여 책을 읽는다면 내게 남는 것은 아무것도 없다. 그저 1년의 목표치를 놓고 차근차근 읽어나가며 나의 평균값을 높여나가는 것이 중요하다. 이것이 평균 이상이 되는 길이라고 말하고 싶다.

기본만 읽어도 평균 이상이 된다

읽은 책의 권수의 기준을 놓고 책을 논하는 것을 개인적으로 좋아하지는 않는다. 그러나 내 주변을 돌아봐도 한 달에 한 권씩 꾸준히 읽는 사람을 눈 씻고 찾아보기 힘들다. 내가 회사원이었을 때 업무 관련 도서만 꾸준히 읽었던 적이 있다. 투자 관련 회사에서 근무할 때는 경영, 경제, 역사, 인문학을 위주로 읽었다. 주말도 없이 컴퓨터 앞에 앉아서 일해야만 했지만, 일주일에 한 권은 반드시 읽으며 나를 조금씩 성장시켜 나갔다. 업무에 관련된 일을 얻기 위해 읽은 것이 아니었다. 집에 갈 수도 없이 회사에서 먹고 자는 나를 달래기 위한 독서였다. 나를 위해 읽은 책이었지만 결론은 선임이나 후임들은 무언가 꼬이는 일이 생기면 항상 나를 찾는 감사하고도 놀라운 일들을 경험할 수 있었다. 마케팅 부서에서 근무할 때는 마케팅, 심리학, 경영, 인문학

위주의 책을 읽었다. 한 달에 두세 권 정도의 책을 읽었다. 실제로 마케팅회사에서 근무할 때 책을 읽은 직원과 그렇지 않은 직원의 차이를 경험했다. 말단 사원이었지만 성적으로만 놓고 보았을 땐 늘 상위권이었다. 죽어라고 일만 했다기보다는 난 그저 책의 도움을 받았을 뿐이었다. 남들만큼만 하자던 나의 목표는 조금씩 더 앞서나가고 있다는 것을 새삼 느끼기 시작했을 때였다.

학원에서 국어 강사로 근무할 때 가장 많이 읽었던 책이 공부법, 말 잘하는 비법이었다. 학생들에게 조금이라도 더 쉬운 공부법을 알려주기 위해서였고, 어떻게 설명을 해야 조금 더 이해하기 쉬울까 싶은 마음에 읽은 책들이었다. 그 외에도 사춘기를 겪는 10대 학생들을 위해 대인관계, 청소년 심리학, 역사 등의 책을 겸해서 읽기도 했다. 수업 준비와 학생들 개개인의 성적 관리로 인해 책을 읽을 시간이 현저히 줄긴 했지만, 전혀 읽지 않는 것보단 낫다는 생각으로 천천히 조금씩 읽었다. 결과는 대성공이었다. 학생들은 학원에서 나를 늘 따라다니며 좋아해 주었고 시험 기간이 되면 내게 수업받기를 원했으며 질문이 생기면 담당 강사가 아닌 나를 찾아왔다. 나는 학생들과 친해질수록 책의 위력을 새삼 느끼게 됐고 그럴수록 더욱 독서에 힘을 냈다. 직장 생활에 책을 읽으며 지식만 얻은 것이 아니었다. 지식만 얻기 위해서였다면 인터넷 검색만 해도 정보 과잉 시대에 걸맞게 수많은 지식이나 정보들이 쏟아져 나온다. 하지만 책에서만 얻을 수 있는 통찰력과 현실을 받아들이고 앞으로 나아갈 수 있는 지혜를 얻은 것이다. '기본만 해도 반은 간다.'라는 말이 있다. 남들보다 월등히 많은 책을 읽었다기보다 개론서와 같은 한 권의 책을 꼼꼼히 읽으며 현실 상황에 대입하려 노력했다. 기본만 읽어도 평균 이상이 될 수 있다는 생각이 이때부터 제대로 자리 잡아가기 시작했다. 책만 읽었을 뿐인데 감사한 일들은 내게 숱하게 일어났다. 독서를 함으로써 세상이 바뀌진 않지만 내 인생이 바뀌었다는 사람을 본 적은 많다. 관점이 달라졌기 때문이다. 나 역시 청소년 심리학 관련 책을 읽기 전에는 학생들과 대화하는 것에 대해 스트레스가 많았다. 생각과 감정이 풍부한 10대들을 대하기가 어려웠기 때문이다. 하지만 개론서를 접하면서 오히려 내가 청소년들에게 더욱 배울 점이 많다는 것을 깨닫고 전보다 더 존중하게 됐다. 이처럼 한 달에 두세 권의 목표를 놓고 업무와 관련된 책을 읽는다면 사회적으로 평균 이상의 사람이 되기에 충분하다.

평균 이상의 내가 되기를 원한다면 한 달에 2권, 2주일에 1권만 읽어보자. 평균의 벽이란 생각보다 높지 않다. 평균 이상이 되기까지의 과정 역시 대단하지 않다. 그만큼 책을 읽는 사람이 많지 않기 때문이다. 평균 이상이 된다는 것은 결코 힘든 일만은 아니다. 그러나 누군가는 되물을지도 모른다. 평균값보다 조금 더 읽는 것이 어떤 의미가 있냐고. 나 역시 수치로만 독서량을 따지는 것은 무의미하다고 생각한다. 그러나 이렇게라도 독서를 시작하지 않으면 아무 일도 일어나지 않는다는 사실을 알아두자. 한 달에 1권의 책도 읽지 않던 내가 한 달에 2권씩, 1년에 24권의 독서로 놀라운 변화를 경험할 수 있다. 독서로 나에게 변화가 온다는 것에 나는 장담한다. 당신이 사는 현재의 인생에서 어떤 변화가 올지 궁금하지 않은가. 관심 분야나 배우고 싶은 분야 역시 책 읽기를 통해 내 것으로 충분히 만들 수 있다. 책 읽기로 대단한 성공을 요구하거나 인생 전체가 하루아침에 바뀐다거나 하는 말들은 하지 않을 것이다. 책을 천 권 만 권씩 읽어야 성장할 수 있다는 마케팅에 휘둘릴 필요도 없다. 한 권도 힘든데 천 권 만 권의 독서라는 이야기는 시작도 하기 전에 손을 놓게 된다. 그러니 그런 것들은 무시해도 좋다. 그러한 말들에 격하게 흔들려 빠르게 많은 책을 읽어내기 위한 행동은 하지 말자. 하지만 한 달에 두 권, 2주일에 한 권의 책만 읽어도 평균 이상이 될 수 있다는 것에는 확신한다. 지금부터 내게 필요로 하는 책 한 권을 골라 장바구니에 담아 인터넷으로 주문해보자. 많은 생각으로 책을 고를 필요는 없다. 지금 나의 심리 상태가 스트레스로 가득 차 있다면 심리학 관련 책을 읽으면 되고 직장에서 대인 관계가 고민이라면 대인 관계 관련된 책을 주문하면 된다. 책을 읽어본 경험이 많지 않다면 처음에는 자기계발서나 수필 등 가벼운 책부터 시작하는 것을 강력추천한다. 가벼운 책들은 가독성이 좋고 어려운 용어들이 없으므로 막힘없이 읽어나갈 수 있어 중도에 포기하는 일이 드물다. 독일의 대문호 요한 볼프강 폰 괴테는 "나는 독서하는 방법을 배우기 위해서 80년이라는 세월을 바쳤는데도 아직까지 그것을 다 배웠다고 말할 수 없다."라는 말을 남겼다. 그런데도 누군가는 우리가 천 권을 읽고 만 권을 읽을 수 있다고 쉽게 이야기한다. 독서는 남들만큼만 읽는 것, 남들보다 더 많이 읽는 것이 중요한 것이 아니다. 그저 우리는 보통만큼만 책을 읽으면 된다.

주입식 교육의 폐해

젊은이를 타락으로 이끄는 확실한 방법은 다르게
생각하는 사람 대신 같은 사고방식을 가진 이를
존경하도록 지시하는 것이다.

– 프리드리히 니체(Friedrich Nietzsche)

중세 가톨릭교회에서 개인적인 생각과 가치, 관념을 무시하고 모든 사람에게 똑같은 지식을 주입하고자 하는 행위가 있었다. 이것이 주입식 교육의 유래다. 주입식 교육은 아인슈타인이 혐오했던 교육 시스템 중 하나였다. 우리는 많은 사람이 혐오했던 교육을 일제시대 일본에게 억압을 당할 때부터 받기 시작했다. 근대화로 가는 과정에서 경쟁 위주의 미국식 교육을 모방하기 시작했고 주입식과 경쟁 위주의 교육은 이때부터 시작되었다. 시대가 빠르게 성장하고 변하지만 우리는 여전히 100여 년 전 교육을 받고 있다. 주입과 경쟁뿐인 교육 시스템은 끔찍하리만큼 우리의 창의력과 상상력을 빠르게 죽이고 있다. 주입식 교육은 교과서 중심으로 수업이 진행되기 때문에 개개인의 생각과 개성을 무시한 획일주의나 형식주의로 흘러가기 쉽다. 〈인간 본성의 법칙〉(이지연 역, 위즈덤하우스, 2019)의 저자 로버트 그린은 '우리가 가진 생각은 우리 부모가, 우리 문화가, 우리가 사는 시대가 우리에게 주입한 편견의 영향을 받는다.'라고 말했다. 우리가 책을 멀리하게 된 이유는 여기에서부터 시작된다. 우리는 개인의 능력이나 생각 등을 전혀 존중받지 못하고 모두가 똑같은 답만을 말할 것을 강요받으며 자랐다. 학교에 다니면서 한 번쯤 이런 경험을 한 적이 있을 것이다. 교과서가 더러워지거나 찢어지거나 하면 이유도 묻지 않고 꾸중을 듣거나 매를 맞아야 했다. 그만큼 책은 귀하다는 세뇌를 받으며 자랐다. 책은 책일 뿐이다. 종이에 잉크를 찍어놓은 것뿐이다. 이러한 주입식 교육을 나는 너무 잘 받은 덕분인지 지금도 책을 더럽게 보는 것을 좋아하지는 않는다. 종이책을 읽을 때 밑줄을 긋고 싶으면 스마트폰 메모 앱에 따로 적어둔다. 한 페이지 모두 내 것으로 만들고 싶은 것이 생기면 모서리 부분을 아주 조그맣게 접어둔다. 이것이 내가 할 수 있는 책을 가장 더럽히는 행위이다. 처음에는 모서리를 접는 것조차 내 마음에 상처가 나듯 쉽지 않았다. 하지만 책을 가까이 두고 산 지 20여 년이 지나서야 내가 할 수 있는 최선은 고작 모서리 접기였다. 누군가는 똑같은 책을 두 권을 사고 한 권은 깨끗이 읽고 한 권은 낙서도 하고 밑줄도 긋고 연습장처럼 쓴다는 말을 들었다. 이런 방법도 좋다. 나도 언젠간 이 행위를 따라 해볼 생각이다. 주입식 교육의 폐해 또 다른 한 가지는 선생님들로부터 책을 읽으라는 소리를 귀에 딱지가 앉도록 들었다는 사실이다. 책은 귀하고 중한 것인데 그것을 함부로 내 손에 쥘 수 없다며 책을 멀리하는 착한 학생들이 그대로 성인이 되었다. 실제로 초등학생인 내 조카에게 책 읽기를 하냐고 물어본 적이 있었는데 "내가 우리 반에서 제일 많이 읽었어."라는 말만 들을 수 있었다. 한 달에 몇 권씩 급하게 읽고 독후감을 제출하면 끝이라는 방식은 정말 뒤떨어진 독서 방법이라고 말하고 싶다.

어린아이에게 과잉 독서를 시키면 발병하는 '초독서증'이라는 것이 있다. 초독서증은 조기교육 부작용 중 하나인데 어린아이들을 독서 영재로 만들겠다는 생각으로 부모들이 만든 정신질환의 일종이다. 아이의 뇌가 성숙하지 않은 상태에서 일방적으로 텍스트를 주입하게 되면 '유사 자폐'가 생겨난다. 책과 친해지는 것이 먼저인데 결론적으로 '책을 얼마나 많이 읽느냐', 얼마나 어렸을 때부터 읽어내느냐'에만 집중한 결과가 만들어낸 현실이다.

이런 유사자폐증이 심각한 경우에는 뇌 손상을 가져오기도 한다고 한다. 시대가 변했음에도 불구하고 여전히 책은 '질'이 아닌 오직 '양'으로만 교육을 받고 있으며 책에 관한 잘못된 주입식 교육을 여전히 선호하고 있다. 한 지인은 이런 현실을 후진국형 독서법이라고 말했다. 시대가 변해도 '양'으로 승부를 보겠다는 사람들이 많은 것이 아쉬울 따름이다.

책을 많이 읽어야 한다는 이야기를 들으며 자랐지만 어떻게 읽어야 하는지 무슨 책을 읽어야 하는지 등의 방향을 알려주는 선생님을 나는 만나본 적도 들어본 적도 없다. 책을 많이 읽으면 머리가 좋아지고 좋은 사람이 된다는 이야기만 들었을 뿐이다. 독서를 해야 하는 이유를 서론, 본론, 결론으로 이야기해 주는 사람은 없었으며 서론, 본론, 결론으로 문단을 나누어 독후감을 써야 한다는 것만 배웠다. 원인과 근거가 아닌 오직 결론뿐이었다. '책을 읽어야 한다.' '똑똑해지려면 독서를 해라' '책을 읽어야 좋은 사람이 된다.' 그러나 아직 자아 형성조차 제대로 되지 않은 10대 때는 그 말이 와닿지 않는다. 그 이유는 단순하다. 모르기 때문이다. 대한민국 주입식 교육 시스템이 가장 큰 장애물이 됐다. 슬프게도 학교에서의 주입식 교육은 사회에서도 여전히 남아 있다. 책을 읽으면 성공한다, 부자가 된다는 말로 사람들을 유혹하는데 눈앞의 성과에만 집착하고 있는 것이다. 대부분의 책은 세상을 뒤흔드는 위인을 앞세우고 그 위인들은 어렸을 때 모두 바보였다는 이야기로 시작한다. 책을 많이 읽으면서 천재가 된다는 뻔한 흐름을 갖고 있는 것이다. 결론은 당신도 할 수 있다가 된다. 이러한 생각들은 현대인들의 생각에 강하게 박혀 있어 바꾸기 어려워진 것이 현실이다. 오랜 시간 사회는 이렇게 분명한 한 가지 방법으로 사람들에게 책을 권하고 있다. 그러니 사람들은 책만 읽으면 부자가 된다, 성공할 수 있다고 생각하나 나는 책을 읽지 않아서 성공하지 못하고 있을 뿐이라는 말도 안 되는 논리를 가지고 있는 사람들이 생겨나는 것이다. 이 또한 우리는 어렸을 때부터 주입식 교육으로 얻은 생각이다. 책은 모두에게 유용한 것이라는 주입식 교육의 폐해로 여전히 책을 가까이에 두고 있지 못한다. 책은 재미있다. 책이 좋다. 물론 책은 즐겁다. 독서가 유익한 것이라는 말에는 전적으로 동의한다. 그러나 책은 귀한 것이고 소중하게 다루어야 한다는 것에는 적극적으로 반대한다. 몇몇 독서법 책에서는 더럽히며 읽지 않으면 독서가 아니라는 자극적인 말을 쉽게 하기도 했다. 그 책들이 알려주는 대로 꼭 더럽히면서까지 봐야 한다는 강박은 가질 필요가 없다. 책을 읽고 꼭 밑줄을 긋고 노트에 필기하고 메모를 달아야 한다는 생각은 버려도 상관없다. 나의 취향과 생각을 그대로 반영해서 읽으면 그것이 독서다. 책은 소중하다며 10여 년을 세뇌받으며 자랐는데 한순간에 책은 종이일 뿐이라며 밑줄을 긋고 낙서를 한다는 것은 결코 쉬운 일이 아니다. 사람의 무의식을 바꾼다는 것이 어찌 쉬운 일이 될 수 있을까. 여기서 우리가 가져야 할 마음가짐은 책은 소중하다는 생각보다 가벼운 것이라는 생각이다. 책을 막 대하는 것 또한 책을 가까이하는 방법의 하나라고 말하고 싶다. 책을 예쁘게 책장에 꽂아두지 말자. 인테리어용으로 보기 좋게 전시해두지 말자. 가방 안, 화장실 변기 위, 소파 테이블, 식탁 위, 침대 머리맡 등등 여기저기 내던져 놓아라. 이런 식으로 책이 나의 시야 안에 들어오게 되면 책으로 손을 뻗는 확률은 더욱 커진다. 책이라는 물건은 절대 어려운 것이 아니며 귀한 것도 아니다. 책이라는 물건 자체는 귀하지 않다. 책 안에 있는 내용이 내 안으로 들어왔을 때 귀한 것이 되는 것이다. 착각하지 말자. 이제는 잘못된 주입식 교육의 폐해에서 벗어나 새로운 독서 습관을 쌓아가자. 습관을 쌓는 데 가장 먼저 해야 할 것이 물리적으로 먼저 책과 친해지는 것이다. 지금 당장 책장에 예쁘게 꽂아두었던 책을 빼서 여기저기 흩어놓자. 이것이 주입식 교육에서 벗어날 수 있는 첫 번째 방법이자 책과 가까워질 수 있는 최고의 방법이다.

먹고 살 길

> 어떤 일을 달성하기로 결심했으면 그 어떤 지겨움과
> 혐오감도 불사하고 완수하라. 고단한 일을 해낸 데서
> 오는 자신감은 실로 엄청나다.
>
> – 아놀드 베넷

　직장인을 예시로 들어보자. 회사 다니면서 창의력을 요구하는 업무를 맡게 됐을 때 가장 먼저 인터넷에서 자료 조사를 한다. 회의가 끝나고 자리로 돌아가 대부분 인터넷에서만 찾기 시작한다. 팀원들이 회의할 때 각자 준비한 자료들을 꺼내 비교해보면 결국은 큰 차이가 없다. 대부분이 구글이나 네이버에서 찾아온 자료이기 때문에 분별력이 없고 비슷한 내용뿐이다. 자료 조사에 한계가 있는 것이다. 이때 분별력을 갖는 것이 개

인의 성장, 회사의 성장에 도움이 된다. 이때 누군가는 책을 읽고 자료를 찾는다. 관련된 책들을 대충 훑어만 보아도 인터넷에서 찾아볼 수 없었던 새로운 정보를 정말 많이 얻게 된다. 읽는다는 것은 지식과 정보를 얻는 행위이다. 물론 인터넷 검색만으로 무엇이든 얻어갈 수 있는 지식이 넘쳐난다. 그래서 내 동료들은 누가 더 빠르고 쉽게, 그리고 남들이 찾지 못하는 것까지 찾을 수 있느냐로 분별력을 두었다. 나는 회사에서 늘 인정받는 인재상은 아니었다. 하지만 책을 보고 알게 된 지식이나 정보를 제시만 해도 남들과 다른 생각을 가지고 있었기 때문에 성사가 되지는 않아도 대체적으로 항상 인정을 받는 편이었다. 이때부터가 "내가 평균 이상의 생각을 가지게 됐구나"라는 깨달음을 얻었다. 그런 사소한 것들이 나중에는 "○○책, ○○책에 나와 있습니다." 라는 말만 해도 독서하는 사람이라는 인식 때문에 좋은 사람이 되고 현명한 인재상으로 인정받기 시작했다. 평균 이하였던 내가 평균 이상이 되는 상황 중 하나였다. 독서는 언어 능력을 향상하게 하고 사고할 힘을 키워준다. 경험해보지 못하고 보지 못하는 일들에 대해 가설을 내세울 수 있게 해준다. 이러한 간접적 경험으로는 독서가 가장 빠르고 정확한 방법이다. 독서는 단지 내면의 성장만 가져다주는 것으로 끝나지 않는다. 아픈 마음을 달래주기도 하고 병든 내 생각을 일으켜 세워주기도 한다. 책에는 모든 정답이 들어 있다. 스티브 잡스는 기술자들에게 반드시 인문학 책을 읽어야 한다고 말했다. 인간이 살아온 역사, 문학, 사상 등을 알아야 기계를 만들 수 있다고 말한 것이다.

세계적인 마케팅 구루인 세스 고딘의 책〈린치핀〉(윤영삼 역, 라이스메이커, 2019)에서 그는 "지금 우리 세상에는 고지식한 관료, 지시받은 일만 하는 사람, 문자 그대로 해석하는 사람, 규율을 꼼꼼히 따지는 사람, 주말만 기대하는 사람, 안전한 선택만 추구하는 사람, 회사에서 잘리지 않을까 늘 걱정하는 사람들이 넘쳐난다."(목차: 공장의 시대 이후, 새로운 집단이 탄생하다. 수동적인 사람들인 넘치는 세상 참고)라고 말했다. 세스 고딘의 이 문장을 읽고 공감하는 사람들이 분명 있을 것이다. "내 이야기인가?"하고 말이다. 나 역시 그랬다. 그리고 확신했다. 이러한 현실에서 분별력을 갖는 것은 바로 독서하는 습관이라는 것을. 개인적인 이야기를 잠시 해보자면 때는 내가 회사 기획팀에서 근무했을 때다. 기획이란 무엇인가를 꾸미고 계획하는 것이다. 처음 내가 읽었던 책으로 〈기획이란 무엇인가〉(길영로 지음, 페가수스, 2012)라는 책이었다. 가장 처음 읽어야 할 책으로 기본서를 선택하고자 했다. 그 이후로 두 권의 책을 더 읽었는데 3권의 책을 읽었을 때 내가 맡은 업무에 대한 본질에 대해 조금씩 깨우쳐 가고 있었다. 기획에서 목표를 설정하기 위해 먼저 사람들의 심리를 알아두어야 할 것 같아 대중심리학 관련 책을 읽었다. 그리고 실제 기획자가 쓴 책을 읽음으로써 일상생활에서 어떤 방식으로 아이디어를 얻는지에 대한 실제 사례를 참고할 수도 있었다. 중세 철학자 토마스 아퀴나스는 "세상에서 가장 위험한 사람은 단 한 권의 책을 읽은 사람이다."라는 말을 했고, 책 〈독일인의 사랑〉(배명자 역, 더클래식, 2013)의 저자 막스 뮐러는 "하나만 아는 자는 아무것도 알지 못하는 자이다."라고도 말했다. 나는 그들이 말한 것을 참고하여 책의 분야를 조금씩 넓혀 나가며 읽기 시작했다. 내가 읽었던 서로 다른 분야의 책들은 결국 하나가 되어 업무에 더 큰 시너지 효과를 냈다. 다양한 분야의 책을 읽으면서부터가 내 업무에 도움이 되기 시작했다. 이때 책을 무조건 많이 읽는 것은 필요 없다. 내가 먹고 살아가야 할 길에 필요한 책 몇 권만 읽는 것으로도 충분하다. 나는 기획팀에서 근무하다 이직을 했는데 그때는 한 번도 도전해보지 못했던 마케팅 분야였다. 한 번쯤 꼭 해보고 싶었던 분야여서 더 늦기 전에 이직을 결정했다. 마케팅이란 기획에서도 어느 정도 겹치는 부분이 있긴 했지만 내가 전혀 해보지 못했던 마케팅 분야여서 걱정이 전혀 없는 것은 아니었다. 회사 면접을 보기 전 마케팅 관련 책을 몇 권 읽고 갔다. 그때 처음 읽은 것이 세스 고딘의 책이었다. 세스 고딘이라는 사람이 마케팅 분야에서 그렇게 유명한 사람이었다는 사실도 그때 알았다. 당연히 면접에서 나는 세스 고딘의 이야기를 꺼냈고 그 외에 책에서 보았던 전문 용어 몇 가지를 쓰며 자신 있게 대화할 수 있었다. 어차피 업무는 알고 있든 모르고 있든 그 회사의 구조에 맞게 처음부터 다시 배워야 하는 부분들이 많으므로 마케팅이라는 분야의 본질만 알고 있어도 충분히 금방 배울 수 있을 것이라 판단했다. 처음에는 마케팅에 무지했던 나 자신이 불안했다. 그럴수록 더 폭넓은 분야로 책을 읽어나갔다. 주말이면 늘 서점에 갔고 마케팅 분야의 책들이 있는 진열대 앞에 서서 사람들은 어떤 책을 많이 선택하는지 파악하면서 따라 읽어보기도 했다. 그리고 나는 입사 한 달 만에 상위권의 성적을 내기 시작했다. 이 모두는 독서 덕분이었다. 그 외에 나는 아무것도 하지 않았다. 오직 책 때문이었다고 자신 있게 말할 수 있다. 물론 재미가 없는 책들은 훑어보기만 하고 다음 책으로 넘어가기도 했다. 이때 주의할 것인 재미가 없으면 넘겨도 상관없다. 배워보고 싶었고, 내가 일하는 업무와 관련된 책이라 읽기 시작했는데 재미가 없고 가독성이 떨어지거나 어려운 책이라면 내 업무 자체에도 정이 떨어질지 모른다. 다음 책으로 넘어가다 보면 결국 나에게 맞는 재미있고 내 마음에 들어오는 말들이 넘쳐나는 책을 만날 수도 있다. 누군가는 내게 "아직 젊어서 그래."라고 말했지만 배움에는 때가 있지 않다. 노력에는 나이와 상관없다. 뇌는 나이와 상관없이 노력하는 만큼 발달한다는 과학적 연구도 있다. 그리고 나는 책을 읽고 응용하려 노력하거나 하지는 못했다. 어렸을 때부터 응용력이 부족하다는 사실을 알고 있었기 때문에 자신이 없어서 시도도 하지 못했다. 단지 나는 책만 읽었을 뿐이다. 공부하지 않고 노력하지 않고 훈련하지 않으면 뇌는 빠르게 늙어갈 수밖에 없다.

〈야근은 하기 싫은데 일은 잘하고 싶다: 짧은 시간에 최상의 아웃풋을 내는 뇌 습관 안내서〉(가바사와 시온 지음, 이정미 역, 북클라우드, 2018)의 책에서 실수의 원인은 집중력 저하, 워킹 메모리 기능 저하, 뇌 피로, 뇌 노화 등 4가지라고 말했다. "일본에서 워킹 메모리 연구를 이끌어온 오사카 마리코 오사카대학교 교수가 대학생 50여 명을 대상으로 한 연구에 따르면, 워킹 메모리의 용량이 큰 학생은 독해력이 높고 문장 전체의 논지를 이해하는 문맥 파악능력이 뛰어나다고 한다. 책을 읽으면 워킹 메모리가 단련된다는 이야기는 예전부터 나온 말이지만 이 연구를 통해 사실임이 입증되었다."라고 말하고 있다(목차 1장: 빠른 일 처리의 비밀, 워킹 메모리 참고). 문맥 파악능력에 독서만큼 좋은 방법이 없다는 것은 아마 독서가가 아니어도 잘 알고 있으리라 생각한다. 나는 먹고 살길에 꼭 필요한 독서로 잠들기 전 30분에서 1시간 동안 책 읽기를 권유한다. 아침 독서를 권하는 사람이 많아 나 역시 시도해보았지만 결국 잠들기 전 독서가 가장 편안하고 스트레스 해소에도 좋았으며 느긋하게 책을 읽을 수 있었다. 아침 일찍부터 분주하게 출근 준비를 하고 지옥철을 타야 하는 우리 사회에서 아침 독서를 권하고 싶지는 않다. 잠들기 전 30분에서 1시간 정도만 스마트폰을 내려놓고 먹고 살길을 고민하는 책을 한 번 읽어보자. 대한민국에 바쁘지 않은 사람은 없다. 핑계와 변명은 접어두자. 지금 당장 읽어야 할 책은 내가 맡고 있는 업무와 관련된 개론서부터이다. 먹고 살길을 책에서 찾는 현명한 독자가 되기를 바란다.

독서의 영향

쇼펜하우어는 "오늘날 우리의 모습은 우리가 읽은 것의 결과다. 우리가 읽은 그 모든 책은 우리들의 기억 속에 스며들어 우리가 세상을 보는 법, 느끼는 법, 생각하는 법에 영향을 미친다."라고 말했다. 마르틴 발저는 "사람은 자기가 읽은 것으로 만들어진다."라는 말을 남겼으며 오프라 윈프리는 "책은 오늘의 나를 만들었다. 책을 통해 미시시피의 농장 너머에 정복해야 할 큰 세상이 있다는 것을 알았다."라고도 말했다. 이처럼 독서의 영향은 셀 수 없을 만큼 많다. 내가 어떤 책을 어떻게 읽느냐에 따라서 그대로 영향을 받는다. 책이 우리에게 주는 영향을 모두 나열하라면 이 책 한 권에 모두 담을 수 없을 정도다. 검색창에 검색만 해도 흔히 나오는 것들이 있지만 가장 큰 영향력을 준다고 생각하고 직접 느꼈던 것들을 몇 가지 이야기해보고자 한다. 대부분 독서의 영향으로 언어 능력이 향상되고 공감 능력을 키워주고 이해력이 높아진다는 정도는 알고 있을 것이다. 독서를 꾸준히 했을 때 찾아오는 변화는 그 이상으로 무한하다. 나는 통찰력, 뇌의 변화, 스트레스 해소, 업무에 대한 영향을 꼽는데 첫 번째 영향으로 무조건 통찰력을 꼽는다. 통찰이란 네이버 국어사전에서 예리한 관찰력으로 사물을 꿰뚫어 봄이라고 나와 있다. 통찰력은 사물이나 현상을 통찰하는 능력이라고 설명하고 있다. 개인적으로는 통찰력을 지혜라고 말하고 싶다. 타고난 지혜는 없다. 지혜는 타고나는 것이 아니란 것이다. 지혜는 학교나 학원에서 배울 수도 없다. 지혜는 남의 것을 내 것으로 만들어 갈고 닦을 때 비로소 드러나는 것이 지혜인 것이다. 통찰력이 생기면 지혜롭게 살아갈 수 있는 수단이 된다. 그렇다면 통찰은 왜 필요할까? 통찰력이 생기면 편견과 틀에 얽매이지 않게 된다. 공자는 "먼 앞일을 깊이 헤아리지 못하면 가까이에 근심이 생긴다."라는 말을 했다. 유연한 사고가 생기면 먼 앞일을 바라볼 수 있게 된다는 뜻이다. 다음은 뇌의 영향이다. 독서로 뇌가 변한다는 사실은 익히 들어보았을 것이다. 독서는 최고의 두뇌 운동이라고 과학자들은 말한다. 인생이 바뀌는 것은 뇌를 바꿔버리기 때문이다. 뇌를 운동시키는 데 독서만큼 좋은 것이 없다.

미국 신경심리학자이자 베스트셀러 〈책 읽는 뇌〉의 저자 매리언 울프는 "본래 산만했던 뇌, 책을 읽지 않으면 원시인처럼 된다."라며 다소 강한 표현을 쓰기도 했다. 그러나 이 책을 읽으면 결코 강한 표현이라고 생각 들지 않는다. 책이 뇌에 미치는 영향을 아주 섬세하게 표현한 책이라 관심이 있는 독자라면 한 번쯤 읽어보기를 권한다. 또 독서를 하면 뇌는 '착각'한다고 하는데 이에 관한 연구도 있다. 요크 대학의 심리학자, 레이먼드 마 (Raymond A. Mar)의 연구에 따르면, 모든 것은 인간의 두뇌가 경험한 것과 책에서 읽은 것 사이를 잘 구별하지 못한다는 것을 말하고 있다. 레이먼드 박사는 책 속의 캐릭터가 하고 있는 행동이 묘사되는 장면을 읽으면 그 행동을 수행하는데 필요한 동일한 영역이, 우리의 뇌에서도 활성화된다는 것을 밝혔다. 즉, 간접 경험과 실제 경험을 구별하지 못한다는 것이다. 그래서 상상력이 풍부한 소설책을 읽으면 실제 그 속에 내가 빠져들어 간 것처럼 뇌는 착각을 한다는 것이다. 명상 책을 읽는 것만으로 명상을 실제로 하고 있는 것처럼 뇌는 받아들인다. 여행 관련 책을 생생하게 읽으면 실제로 뇌는 여행을 하는 것처럼 느낀다고 한다. 뇌는 축적된 경험과 지식으로 성장한다. 뇌에 경험과 지식을 빠르고 다양하게 줄 수 있는 것은 독서뿐이다. 독서가 주는 또 다른 영향은 스트레스 해소다. 책 읽기만으로 생각이 긍정적으로 바뀌며 행복도가 높아진다. 영국 서섹스 대학교 인지심리학과 데이비드 루이스 박사팀의 연구 결과에 따르면 독서, 산책, 음악 감상, 게임, 커피 마시기 등 스트레스를 해소하는 방법으로 흔히 떠올리는 활동 중 가장 효과가 좋은 것은 바로 독서라는 사실을 밝혔다. 6분 정도 책을 읽으면 스트레스가 68% 감소되고 근육 긴장이 풀어지며 심박수가 낮아지는 것으로 밝혀졌다. 이 연구를 진행한 루이스 박사는 "경제 상황 등이 불안정한 요즘 현실에서 탈출하고 싶은 요구가 크다."라고 말했다. "무슨 책을 읽는지는 중요하지 않으며 작가가 만든 상상의 공간에 푹 빠져, 일상의 걱정과 스트레스, 근심으로부터 탈출할 수 있으면 된다."라고 말했다. 나는 혼자 있는 시간을 좋아하는데 그때마다 책을 읽었다. 인간관계에서 힘든 일이 생겼을 때는 심리학책을 읽었다. 우울증으로 하루하루 무기력해질 때는 자기계발서나 정신과 의사들이 쓴 책을 읽었다. 힘든 일이 많으면 나는 내 방문을 걸어 잠그고 밖으로 나가지 않았다. 그때 내 곁에 있어 준 것은 책이었다. 책은 스트레스 해소뿐만이 아니라 내 곁에 있어 주는 친구와도 같았다. 스트레스로 머리가 복잡하다면 책을 읽어라, 아무 책이라도 상관없다. 내게 도움이 될 만한 책이라면 더욱 좋지만, 나만의 비밀을 지켜줄 것 같은, '사람'이라는 책을 선택해 읽어보자. 심박수가 낮아지며 흥분된 나를 가라앉혀 주는 느낌을 받을 수 있을 것이다.

마지막으로 내가 느꼈던 독서의 영향으로는 업무에서의 도움을 받은 점을 빼놓을 수 없다. 물론 업무뿐만이 아니라 책은 나의 일상생활을 가능하게 만들었다. 우울증이 심해지면서 무기력이 찾아올 때도 누워서 책을 읽으며 도움을 받았다. 자신감이 늘 부족한 내게 남들처럼 하는 회사 생활은 정말 곤욕이었다. 아무리 복지가 좋은 회사에 다니고 직장 동료들이 좋은 사람들이어도 소심함과 우울한 성격으로 인해 일상생활이 힘들었다. 그런 와중에도 나는 잘해야 한다는 압박감과 맡은 업무를 성공시켜야 한다는 완벽주의 성향이 남아 스트레스를 굉장히 많이 받았다. 퇴근을 해서도 일 생각뿐이었고 주말에도 일만 생각했다. 뇌의 과부하가 오는 것 같았다. 그때마다 나는 책에서 도움을 받았다. 기획이란 기발한 계획의 줄임말이라고도 한다. 말 그대로 기발한 생각을 꺼내놓아야 한다. 나는 기획팀에서 근무할 때 창의력이 늘 부족하다는 생각을 했었기 때문에 매주 5권 이상의 독서를 했는데 모두가 다른 장르의 책이었다. 자기계발서,

철학, 수필, 소설, 경제경영 이런 식으로 책을 읽었다. 기획하는
데 누군가는 왜 소설을 읽느냐고 물을지 모른다. 소설책을 읽으
면 내가 주인공이 되어보는 상상을 한다. 그래서 판타지 책은 읽
지 않았다. 현실 세상에서 내가 주인공이 되어 그 인물을 파악
한다. 어떤 성향을 가지고 있으며 어떤 생각을 자주 하는 인물인
지 파악하려고 했다. 그 인물의 처지에서 생각해보고 아이디어
를 얻은 적도 있었다. 나무를 보지 않고 숲을 보아야 한다고 생
각했던 시점이었다. 그래서 손에 잡히는 대로 눈에 보이는 대로
책을 읽어가며 모든 내용을 업무와 관련지어서 독서를 했다. 그
런데 신기한 일은 정말 말도 안 되는 분야라고 생각을 했는데도
업무에서 도움이 되기도 했다. 예를 들면 판타지 소설 같은 것이
다. 판타지 소설을 좋아하는 편은 아니지만 닥치는 대로 책을 읽
다 보니 의도치 않게 판타지 책을 읽은 적이 있다. 그런데 회사
에서 아이디어를 내는 데 응용된 생각으로 도움이 된 적도 있었
다. 책은 방향을 알려주었다. 어디로 가야 길이 있을까 싶을 때
마다 책은 내게 방향성을 제시해주었고 나는 그것을 행동으로
옮겼다. 이렇게 좋은 방법을 제시해주는 책을 가까이에 두고 읽
지 않을 이유가 없다. 내가 책에서 얻은 영향은 이 외에도 많았
다. 다른 누군가는 나와 또 다른 영향을 받을 것이다. 사람마다
살아가는 것과 생각하는 것은 모두가 다르므로 그에 맞는 영향

을 얻을 수 있을 것이다. 지금 당장 내게 필요한 책부터 찾아보자. 주변에 있는 책으로 먼저 읽는 것이 좋고 책이 없다면 인터넷으로 책을 주문하자. 스마트폰으로 내게 필요한 단어를 검색해보면 관련 책들이 쏟아져 나올 것이다. 그 책들의 목차나 후기를 읽어보고 선택하여 주문하면 된다. 이것이 독서를 시작하는 첫걸음이다.

정답은 없다

> 책은 어떤 사람에게는 울타리가 되고
> 어떤 사람에게는 사다리가 된다.
>
> – 프랑스 시인, 레미 드 구르몽

　　책을 가까이에 두고 사는 사람은 책 속에서 인생의 해답을 찾을 수 있다고 생각한다. 나 역시 그렇다. 책 속에는 세상 모든 문제의 해답이 들어 있다. 사람들이 독서법 책을 구매하는 이유도 다양할 것이다. 다른 독서가들은 어떤 방식으로 책을 읽는지 참고하기 위해서일 수도 있고, 어떤 방식을 취해야 내가 책과 조금 더 친해질 수 있으며, 지금보다 더 잘 읽을 수 있을까? 하는 생각 때문일 것이다. 이 책을 쓰기 위해 150여 권이 넘는 책을 읽었다. 독서법에 정답은 없다는 것을 알았다. 많은 사람이 다양한 방법을 제시하고 있었다. 독서를 권유하는 큰 틀은 비슷했으나 그 안에서 제각각 다른 방법들을 제시하고 있었다. 누군가는 1년 안에 천 권 읽기를 제시하고, 누군가는 1시간에 책 1권을 읽는 방법을 제시했다. 또 다른 저자는 밑줄을 긋는 방법, 책을 더럽게 봐야 하는 이유에 관해서도 이야기했다. 타이머를 맞춰놓고 독서를 하고, 누군가는 읽고 싶은 목차만 골라서 읽는다고 했다. 또 고전을 읽어야만 한다고 말하는 사람도 있었다. 또 다른 저자는 베스트셀러를 읽지 말라고 했고 누군가는 베스트셀러만 읽으라고 말했다. 이러한 것들을 참고해 나만의 정답을 만들어나가는 것이 독서다. 물론 나는 이렇게 틀에 박힌 방식들을 권하고 싶지는 않다.

고전은 필수라고 해서, 인문학을 읽으라고 해서 꾸역꾸역 눈물을 머금고 읽는 사람을 몇 봤다. 1년에 수백 권을 읽던 사람이 고전문학을 읽어야 한다는 말을 많이 들어서 시도했는데, 다독가였던 그 사람은 지금 한 달에 1권 정도의 책만 읽고 있다고 했다. 고전은 읽어야겠으나 재미는 없고 본인에게 맞지 않으니 책과 점점 멀어지는 것 같다고 말했다. 우리의 목표는 책과 먼저 친해지는 것이다. 친하지도 않은 책에 밑줄을 긋고 메모를 하고 서평을 남기는 일이란 절대 쉽지 않다. 나는 책을 사서 내 것으로 소유해도 낙서하지 않는다. 해보니 다시 그 책을 읽을 때 집중하는 데 방해가 됐다. 내가 아는 한 작가는 신줏단지를 모시듯 책을 다룬다. 그분께 물어보니 역시나 밑줄 긋거나 낙서는 하지 않는다고 했다. 처음에는 나도 굉장히 노력했다. 내가 아는 작가도 노력했던 시기가 있었다고 말했다. 책을 깨끗하게 읽는 것은 책을 읽지 않는 것과 같다고 말하는 사람들이 보기에는 그 작가분과 나는 실패한 독서가다. 처음에는 굉장히 연연했다. 그러나 시간이 지날수록 정통법 독서를 해야 한다는 압박감에 책을 잘 펴지 않게 되는 것 같았다. 그래서 그냥 내려놓기로 했다. 각자의 방식이 있으니 나만의 방식을 고수하겠다고 생각했다. 예쁜 노트를 사서 독서 노트를 만들고 써보려 노력한 적도 있다. 한국 사람이라면 노력해도 안 되는 것이 있다는 말을 익히 들었을 것이다. 내가 학교에 다닐 때 교실 칠판 위에 걸어둔 액자 안에는 '하면 된다.'라는 급훈이 쓰여 있었다. 한 날 수업에 들어오신 선생님 한 분이 "살다 보면 노력해도 안 되는 것들이 있다는 것을 느낄 때가 온다."라고 말씀하셨다. 어른이 되어서야 알았다. 노력만으로 안 되는 것이 있다는 사실을. 결론은 독서 노트를 하나부터 열까지 모두 다 쓰지 않는다. 쓰고 싶은 것만 쓴다.

　요즘은 방식이 조금 바뀌었는데 그 이유는 전주양 작가가 쓴 〈글쓰기로 부업하라〉(마음세상, 2017)라는 책을 읽고 나서였다. 책에서 알려준 대로 독후감을 써서 리포트 사이트에 올려둔다. 6개월에 한 번씩 사이트에 들어가 보면 티끌 모아 태산으로 동전들이 모여 출금 가능 금액을 훨씬 넘어서 있다. 내가 책을 읽고 글을 쓰는 정도는 딱 거기까지다. 귀찮은 것을 싫어한다. 주변 지인들은 내게 부지런하다고 이야기하는 편이지만 나는 번거롭고 귀찮은 것을 안 할 수 있으면 하지 말자는 주의다. 어쨌든 이외에 책을 읽고 독서 노트를 작성하는 일은 없다. 처음에는 내 독서 방식에 문제가 있다고 생각했지만 독서 모임을 하거나 책을 통해 알게 된 지인들을 만나서 물어보면 책을 신줏단지로 모시는 분들이 생각보다 많다. 그러나 요점은 그 사람들 역시 다들 밑줄 긋기와 책의 여백에 메모하는 방식과 같은 것들을 시도하고 노력했었다는 사실이다. 노력해서 분명히 안 되는 것도 존재하는 법이다. 그렇다고 포기하지는 말자. 책을 더럽히고 괴롭히고 빨래하듯 주무르는 방식이 나한테 맞을 수도 있다. 그러나 그 방법들이 내 스타일에 맞지 않으면 그 방식을 버리고 내가 편한 방식대로 읽으면 된다. 나와 맞지 않는 방식에만 얽매이기 시작하면 책과는 더 멀어진다. 나는 지금도 여전히 책을 깨끗이 읽는다. 메모가 필요하거나 책을 쓰기 위해 자료로 남겨두고 싶은 것들이 있으면 책에 쓰기보다 스마트폰에 메모를 한다. 책에 밑줄을 긋고 메모를 해도 한 번 읽은 책은 다음에 또 열어보지 않으면 그 수많은 밑줄과 메모는 의미가 없어진다는 것을 알았기 때문이다.

오랜 시간이 지나도 기억에 남는 책이 있다. 한 번 읽었지만 두 번, 세 번 읽은 책도 있다. 그런데 그런 일은 드물었다. 그리고 두 번, 세 번 읽을 정도의 책이라면 나는 그 책을 아끼게 된다. 아끼는 책일수록 깨끗하게 보고 싶은 마음이 생겨난다. 나는 스마트폰 메모에 따로 적어두거나 사진을 찍어서 남겨두는데, 한 번 읽은 책을 두 번 열어서 확인하는 것보다 스마트폰 사진첩을 열어보는 경우가 더 많기 때문이다. 찍어둔 사진을 또 볼 수 있는 확률이 더 높다. 나만의 독서 방법을 찾았기 때문에 나는 내 방식이 틀렸다고 생각하지 않는다. 독서 습관을 만들기 위해 독서 방법의 정답을 찾으려는 사람들이 주변에 많다. 5년 전 독서 습관을 갖고 싶다고 노래를 부르던 한 친구는 독서법 관련된 책을 한 권 읽더니 책의 절반에 밑줄을 그어놓고 필사를 해야 한다며 예쁜 노트를 샀다. 노트를 샀던 날 이후 필사는 물론이고, 1권의 책도 읽지 않고 있다. 그런데 그 친구는 책에 밑줄을 그어놓고 노트를 사서 자기도 필사를 한다는 생각에 굉장히 뿌듯해하고 있었다. 그때 나는 깨달았다. 메모하고 필사를 하고 밑줄을 긋고 책을 더럽게 읽는 것이 '내가 독서를 제대로 했구나.'라는 자기 만족감을 안겨준다는 사실을. 처음부터 책을 읽으며 다른 외부적인 행동에 집착하지 말자. 독서광들의 방식만 따라가다 보면 가랑이가 찢어지거나, 남의 생각과 개성에만 쫓아가다 보니 나만의 목표로 가는 길을 잃게 된다. 돌고 돌아도 결국 나만의 기준으로 돌아오게 되어있다. 그러니 매일 5분씩 독서하는 방식으로 나만의 습관 쌓기부터 시작하자. 이 외에 또 집착을 버려야 하는 것이 있다. 바로 정독(精讀), 속독(速讀), 다독(多讀), 음독(音讀), 발췌독(拔萃讀) 등과 같은 방식들이다. 나는 이러한 방식들 역시 고정관념 중 하나라고 본다. 학교에서 배운 주입식 방법들을 성인이 되어서도 써먹으려 하니 고리타분하고 재미가 없다. 이제 이런 지루한 독서 방법은 버릴 때가 됐다. 나는 이런저런 방법으로 돌고 돌아 결국 나만의 방법을 찾았다. 분야별로 책 한 권씩을 읽는 것이다. 내가 독서하는 목표는 다독이 아니다. 모든 분야를 다 읽을 수는 없다. 그러나 경제, 경영, 인문, 철학, 고전, 자기계발, 역사 정도의 책을 골고루 읽으려 노력한다. 그리고 간간이 내가 어려워하는 분야인 예술, 과학 분야의 책을 더해 읽으려 의식한다. 분야별로 읽으면 책의 지루함도 해소가 되고 모르던 분야를 알게 되어 책에 더 흥미를 갖게 된다. 나는 1년 전과 지금의 내가 얼마나 내적으로 많이 성숙해 있는가가 목표다. 분야별로 책을 읽다 보면 나중에 시간이 흘러서는 그 모든 분야의 책들이 하나로 더해지는 것 같은 느낌이 들 때가 있다. 누군가는 그것이 지혜와 통찰력이 생겨나는 과정이라고 했다. 분야가 다르고 전달하고자 하는 메시지가 달라도 결국엔 하나로 더해진다. 그러나 이마저도 정답은 아니다. 다시 말하지만 독서법에 정답은 없다. 하지만 우리가 해야 할 일은 나의 무지함을 받아들이고 독서법 책에서 전달하고자 하는 조언에 경청하는 일이다. 나만의 독서 방법을 찾기 위해 지금 책 한 권 읽기부터 당장 시작하라.

독서라는 습관
습관의 쇠사슬은 거의 느끼지 못할 만큼 가늘고,
깨달았을 때는 끊을 수 없을 정도로
굳고 단단해져 있다.

– 미국 36대 대통령, 린든 B. 존슨

독서가가 되기 위해서는 습관으로 만드는 것이 필요하다. 우리는 반복적인 행동을 하는 것을 습관이라고 한다. 사전에서 습관이란 단어를 찾아보았다. "일상적으로 반복되는 행위의 것"이라고 나온다. 습관은 모두가 어렵다고 착각하는 것 같다. 보통의 사람들은 습관을 만드는 과정이 비슷하다고 생각한다. 예를들면 당신은 어떤 한 가지의 일을 시작하기 위해 열심히 계획부터 세웠을 것이다. 열심히 세운 계획은 결국 작심삼일도 가지 못한다. 또 다른 한 가지의 일을 시도하기 위해 또다시 계획을 세운다. 그리고는 며칠도 못 가 포기했을 것이다. 이런 작은 실패의 경험들이 계속해서 쌓이면서는 언제부턴가 자괴감이 들기 시작할 것이다. 자괴감이 깊어지면 결국은 "내가 그럼 그렇지."라는 자기 비하로까지 이어지는 경우도 보았다. 자책할 필요는 없다. 자괴감이 들고 작은 실패의 경험들이 쌓이기 때문에 인간이다. 그렇다고 해서 시도하지 않을 수는 없다. 습관을 만들기 위해 처음부터 다시 시작해보자. 우리의 목표는 독서라는 습관을 형성하는 것이다. 지금부터 이야기하는 독서 습관은 내가 직접 겪고 가장 효과적이라고 생각했던 방법들이다. 주변에 독서 습관이 이미 형성되어 있는 지인들에게 물었을 때도 내가 했던 방법과 비슷한 방법들도 있었다. 최소 10여 년 이상 책을 껴안고 살아온 사람들에게 질문하고 정리한 것이니 신뢰를 가져도 좋다. 지나친 노력이 필요한 습관은 언급하지 않기 위해 많이 고심했다.

독서 습관 만들기 첫 번째, 책을 늘 가까이에 두어라. 책을 읽지 않아도 가방에 넣고 다녀라. 화장실을 갈 때도 책이 있어야 하고 주방에 가도 싱크대 위에 책이 놓여 있어야 한다. 잠자리에 들기 위해 침대로 갔을 때도 머리맡에는 책이 놓여 있어야 하고 거실 테이블에 책을 놓아라. 소파 위에 책 한 권을 놓고 회사를 출근

했을 때, 내 자리, 내 책꽂이에 읽을 만한 책 한 권을 꽂아두어라. 나는 이 방법이 독서 습관을 만드는 가장 빠른 방법의 하나라고 약속할 수 있다. 내가 독서 습관을 어떻게 가졌는지에 대한 질문을 받을 때면 나는 이 사실을 가장 먼저 이야기해 주었다.

독서 습관 두 번째, 읽을 분량을 정해라. 예를 들면 하루에 1장이다. 독서를 하기 위해 펼친 이 책을 보며 내가 지금 독서를 하고 있는 것인지, 글자만 읽고 있는 것인지 모를 정도로 집중이 안 돼도 괜찮다. 읽을 분량을 정해두었으면 그것을 반드시 이행해라. 읽을 분량조차 고민하고 있다면 두 문단을 읽으라고 말하고 싶다. 초등학교 때 우리는 문단 나누기를 숱하게 하며 자랐다. 그 문단 나누기를 책에다 체크 해놓고 두 문단만 읽어라. 이런 습관을 들이기 시작하면 두 문단 이상을 읽고 있을 나도 모르는 나 자신을 발견하게 될 것이다. 이것만 하면 된다. 책을 펼칠 때 꼭 두 문단씩 읽기. 독서라는 습관 세 번째는 두 번째 방법을 연결 지어야 하는 방법인데 바로 매일 시도하는 것이다. 매일 하루도 빠짐없이 시간을 정해두고 두 문단씩 읽어라. 그럼 열심히 계획을 세우지 않고도 내게 독서라는 습관이 형성되어 스며들 것이다. 매일 시도하는 것은 습관을 만들기에 가장 좋은 방법이다. 매일 시도하는 것은 독서라는 습관을 형성할 때만 해당하는 것이 아니라 어떠한 습관을 만들더라도 매일 하는 것이 중요하다고 한다. 어떠한 행동을 하기 전이나 끝나고 난 뒤에 원하는 습관을 붙여 보면 잊어버리지 않고 이어질 수 있다. 쉽게 말해, 양치 후, 책 두 문단씩 읽기. 이러한 방법은 큰 힘을 들이지 않고 습관으로 이어질 수 있다고 한다. 사소한 방법이라고 생각할 수 있다.

　책 〈아주 작은 습관의 힘, 최고의 변화는 어떻게 만들어지는가〉(이한이 역, 비즈니스북스 출판, 2019)의 저자 제임스 클리어는 "당신이 사이클을 탈 때 할 수 있는 모든 일을 다 잘게 쪼개서 생각해보고 딱 1%만 개선해보라. 그것들이 모이면 상당한 발전이 이뤄질 것이다."라고 말했다. 한 사람이 한 가지의 습관을 만들기는 그리 대단한 것이 아니다. 대신 목표는 분명해야 한다. 마지막으로 독서 습관 만들기는 앞에 말한 세 가지를 의식하기. 이거면 충분하다. 의식하는 것만으로도 우리는 의식적으로 행동하게 될 것이다. 그것이 습관이다. 습관이란 나도 모르게 평소에 하던 대로 하는 것이다. 그래서 습관을 고치기 힘든 것이다. 생각하지 않아도 나도 모르게 몸이 따라가는 것이다. 작은 습관을 한 가지 더해서 행동해야 습관으로 이어질 수 있는데 이것을 의식하지 않으면 다시 예전으로 돌아가게 된다. 앞에 들었던 예로 설명해보면, 양치 후에 책 두 문단을 읽어야 한다. 그러나 양치 후에 바로 컴퓨터 앞에 앉는 습관이 있다면 의식하지 않고서야 책을 펼치기가 쉽지 않다. 나는 이러한 의식적인 행동을 딱 21일만 하라고 권한다. 물론 21일 이상으로 반복적인 행동을 의식한다면 두말할 것 없이 좋겠지만 21일조차 굉장히 어렵게 느껴진다면 그것은 아직 독서라는 습관을 형성할 열망이 강렬하지 않다고 본다. 열망이 강할수록 더욱 쉽게 습관을 만들 수 있다. 그렇지 않다면 아직 내 열정이 부족한 것으로 볼 수밖에 없다. 독서하는 습관을 갖게 되면 평생 수많은 것들을 얻고 배우며 느낄 수 있는 것들이 많다. 말로 표현을 모두 하지 못하는 것이 안타까울 뿐이다. 독서라는 것은 그런 것이다. 잠시의 고통이 따를지언정, 평생의 좋은 습관으로 이어질 수 있는 것이라면 나는 기어코 시작할 것이다. 이 정도의 발전도 시도하지 않겠다고 생각하는 사람이라면 지금 당장 이 책을 덮어도 좋다. 그러나 나는 믿는다. 이 책은 자기계발서이다. 자기계발서의 책을 집어 들었다는 것 자체부터 당신은 이미 1% 발전한 것이며, 독서라는 습관 형성에 한 걸음 내딛는 것이다. 자, 지금 당장 내게 습관 하나를 만들어 주자. 독서라는 습관. 독서하는 습관을 내게 만들어 주는 것이 진정한 독서가로 다가갈 수 있는 한 걸음이다.

생각하지 않는 우리

> 모두가 비슷한 생각을 한다는 것은
> 아무도 생각하고 있지 않다는 말이다.
>
> – 알베르트 아인슈타인(Albert Einstein, 1875~1955)

위키백과에 생각이라는 단어를 검색해보면 '결론을 얻으려는 관념의 과정'이라고 설명하고 있다. 목표에 이르는 방법을 찾으려고 하는 정신 활동을 생각이라고 명시하고 있다. 생각하고 산다는 것은 우리 인간만의 능력이자 권리이다. 코로나19 시대에서 우리가 헤쳐나가야 할 과제 중 하나가 '생각하는 힘'을 기르는 것이라는 말이 많이 오갔다. 그러나 현재는 위드 코로나19 시대가 됐다. 독감처럼 코로나19도 함께 가야 할 바이러스 중 하나라는 것이다. 이는 다시 시작해야 할 시기를 뜻한다. 다시 시작해야 할 시기, 다시 독서에 집중해야 한다. 우리는 독서하기에 좋은 환경을 코로나19 시대로부터 얻게 됐다. 바로 비대면이 많아진 세상이라는 것이다. 그럴수록 집에서 보내는 시간은 많아졌다. 코로나19 시대로 전환되면서부터 우리는 원격으로 수업을 받고 비대면 생활이 일상이 됐다. 스마트폰과 PC에 더욱 의존하며 살아가고 있는 것이다. 생각하는 시간과 능력을 빼앗아가는 전자기기들에 더욱 의존하게 됐다. 과학기술정보통신부가 발표한 '2020 스마트폰 과의존 실태조사 결과'가 있다. 조사 결과에 따르면 우리나라 스마트폰 이용자 중에 '과의존 위험군'의 비율이 23.3% 수준으로 매년 증가한다고 한다. 그중에서도 코로나19가 시작되면서 스마트폰 과의존 위험군이 더욱 큰 폭으로 늘어난 사실을 확인할 수 있었다. 자의적이 아닌 코로나19로 인해 타의적(반강제적이라고 말하고 싶다)으로 사회 속에서 인간관계를 맺으며 살아가야 할 우리는 그러지 못하며 몇 년을 지냈다. 이럴 때일수록 우리는 스스로 생각하고 판단할 힘, 즉 '생각하는 힘'을 키워야 한다. 코로나19 시대가 되면서 많은 사람이 혼자 있는 시간이 많아지고 그럴수록 우울감과 걱정, 불안을 느끼는 사람이 많았다. 긍정적으로 생각해보자면, 생각하는 힘을 기르기에 좋은 시기이기도 하다. 그러나 현재는 위드 코로나 시대다. 함께 가야 할 바이러스. 우리는 이제 다시 일어서야 한다.

　생각하는 힘을 기르는 데에는 단연코 독서만큼 좋은 것이 없다. 독서만이 사고력을 키울 수 있다. 인공지능 관련 전문가들은 이런 말을 하기도 했다. 미래에는 과거와 전혀 다른 능력을 요구하는데 그 능력 중 몇 가지로 창의력, 통찰력, 사고력 등을 꼽았다고 한다. 이 세 가지를 동시에 얻을 방법은 독서뿐이다. 생각하는 힘을 기르지 않으면 우리는 퇴화할 수밖에 없다. 극단적이라고 생각하는 사람도 있을 것이다. 그러나 나는 전혀 극단적인 비유라고 생각하지 않는다. 인간의 삶이 퇴화하지 않기 위해서는 우리는 독서로 이를 이겨내야 한다. 책을 읽는 행위는 인간만이 할 수 있는 특혜이다. 인공지능 시대라고 말하는 4차 시대는 생각하는 자만이 살아남는다. 생각이란 정신적인 활동을 말한다고 앞서 말했는데 우리는 스스로 생각하는 힘을 길러 본질, 즉 내면의 본질을 꿰뚫어 볼 수 있는 능력을 키워야 한다. 본질을 꿰뚫어 볼 방법은 두 가지가 있다. 첫 번째는 독서, 두 번째가 생각이다. 통찰력 있는 생각을 하기 위해서는 독서를 해야 한다. 그렇다. 이 두 가지는 떼려야 뗄 수 없다. 우리는 생각하는 힘을 기르는 노력을 끊임없이 해야 한다. 생각하는 대로 살지 않으면 사는 대로 생각한다는 말을 들어본 적이 있을 것이다. 현재 이 글을 읽고 있는 당신은 당신의 삶을 주도적으로 살고 있는가? 우리는 행동보다 생각이 앞서야 한다. 책을 주도적으로 읽어보자. 생각의 범위를 넓히고 고민하며 읽어보자. 생각하는 시간이 따로 있는 빌 게이츠를 한번 보자. 빌 게이츠는 모든 것을 접어두고 자기만의 별장에서 오직 독서만 하는 시간을 보낸다고 한다. 독서만 한다는 것은 글자만 읽는 것이 아니라 빌 게이츠는 생각하기 위해 생각하는 시간을 따로 두는 것이다. 바쁘게 움직이는 이 사회에서 생각할 수 있는 시간은 많지 않다. 그러나 현재 코로나19 시대가 오면서 원격 수업, 비대면 교육, 재택근무 등으로 혼자 생각할 수 있는 시간과 환경을 가질 수 있게 됐다. 이제 우리는 코로나19와 멀어지기 위해 노력하는 시대는 지났다. 우리는 생각하는 힘을 키우기에 방해받는 요소들이 많다. 운전하고 가다가도 멀리 보이는 대형 전광판에 시선을 빼앗겨 생각을 방해받는다. 자기 전 생각할 시간도 없이 스마트폰을 찾는다. 이에 잠들기 전 하루를 돌아보며 생각할 수 있는 시간을 빼앗겨버린다. 생각하는 힘을 키우는 것은 어릴 때부터 교육받으며 자라야 한다고 생각한다. 그러나 현실은 어떠한가. 공부는 이해하고 사고하는 것이 아니라 암기하는 것에 불과하다. 누가 더 많은 암기를 해서 높은 점수를 취득하는가가 한국 교육의 현실이다. 정작 우리에게 필요한 사고능력은 키워지지 않을 수밖에 없는 것이다.

사람은 두 개의 뇌를 가지고 있다. 우뇌 성향은 체계적이고 논리적이다. 좌뇌 성향은 생각하는 능력, 즉 분석력이 강점이다. 한국은 70%가 우뇌 성향이 강한 사람들이라고 한다. 우리는 좌뇌를 키우는 능력을 갖춰야 한다. 앞서 독서가 탁월하다고 말했다. 독서는 좌뇌 사용에 아주 큰 도움이 된다. 우뇌는 감각적이고 감정과 관련이 있는데 판단력, 논리, 추상력, 비판력이 이에 해당한다. 그래서 인간의 감정은 생각에서부터 나오는 것으로 생각한다. 생각과 감정은 긴밀한 관계이다. 감정이 생각에서부터 나온다는 것을 경험한 적이 있다. 전주에 있는 한옥마을에 간 적이 있는데 공기는 맑고 조용하며 깨끗했다. 나는 고즈넉한 분위기에 심취했고 좋은 공기를 마시니 기분마저 좋아졌다. 나는 원래 조용한 곳을 좋아하고 고즈넉하다는 단어를 좋아한다. 집에 돌아온 날 일기장에 '고즈넉한 분위기에 심취했더니 온종일 기분이 좋았다'라고 썼다. 평소의 내가 조용한 곳을 좋아하니 무의식적인 생각이 감정을 지배했다. 그렇다면 왜 독서가 생각하는 힘을 키워주는 것일까? 우리는 생각하는 힘을 '사고력'이라고 한다. 사고력이란 사전적인 의미로 '생각하고 궁리하는 힘'이다. 창의력까지 포괄하는 넓은 개념으로 보는 것이다. 책에는 무궁무진한 힘이 있다. 우선 독서로 다양한 간접 경험을 할 수 있다. 내가 직접 경험해보지 못한 것을 한 사람이라는 책을 만남으로 대신 경험해주는 것이다. 이렇게 다양한 간접 경험으로 폭넓은 배경 지식을 쌓을 수 있다. 수필이나 소설을 읽었을 때를 생각해보자. 우리는 이미지로 사과를 봤을 때 그냥 빨갛고 동그란 과일인 사과가 한 번에 머릿속에 들어온다. 수필을 읽었을 때는 '다른 사람의 삶도 내 삶과 크게 다르지 않구나'라는 사실을 깨닫게 된다. 소설을 읽었을 때 사과라는 말이 나오면 머릿속에는 다양한 사과가 떠오르게 된다. 나무에 매달려 있는 사과, 땅에 떨어진 사과, 녹색을 띤 사과 등 크기나 색상이 다른 사과를 떠올린다. 잘못했을 때 하는 사과를 떠올리는 사람도 있을 것이다. 이렇듯 우리는 상상 속에서 사고력이 길러진다. 독서는 지적 활동 중 하나이다. 사고력은 뇌를 활성화하는데 이 뇌를 활성화하는 행위로도 독서만 한 것이 없다. 책을 읽으며 우리는 생각하는 힘이 길러진다. 책은 끊임없이 나를 생각하게 만들며 스스로 상상하며 생각하고 탐구할 수 있게 한다. 마지막으로 더 깊은 사고력을 키우고 싶다면 단지 책 한 권을 읽는 것에서 그쳐서는 안 된다. 책을 읽고 난 후에 사고력을 키울 수 있는 능력을 더욱 확대할 수 있는데 그것은 바로 책을 읽고 난 후에 그 책에 대해 다시 되새겨보는 것이다. 책을 읽고 난 후에 그 책에 대해 질문을 던지고 비판하며 나의 상상력과 통찰력은 더욱 크게 향상될 수 있다. 생각할 시간과 기회를 많이 빼앗기며 사는 현재 우리는 앞으로 더 많은 방해를 받으며 살아가게 될 것이 분명하다고 생각한다. 볼거리가 많은 시대와 할 거리가 많은 시대에 살고 있기 때문이다. 그렇다면 지금 이 글을 읽고 있는 당신은 현재 어떤 사고를 하며 살아가고 있는가? 어떠한 사고를 하고 싶은가? 생각대로 살고 싶은가? 사는 대로 생각하고 싶은가? 판단은 당신의 몫이다. 생각하지 않는 우리. 당신의 생각대로 살며 주도적인 삶을 살길 바란다. 그러기 위해서는 우리가 할 수 있는 것은 단 한 가지, 지금 당장 책을 펴고 독서를 시작해야 한다.

제3장
성공하는 독서

왜 읽지 않을까

> "'언젠가'라는 말은
> 당신의 꿈을 무덤까지 가지고 가서
> 당신과 함께 묻어버리는 질병이다."
>
> — 티모시 페리스, 〈4시간〉(부키, 2008)의 저자

왜 많은 사람이 책을 읽지 않는 것일까? 여러 가지 이유가 있을 것이다. 시간이 없어서라는 이유가 될 수도 있고 독서 습관이 자리 잡히지 않아서라고 말할 수도 있을 것이다. 책 외에도 정보나 지식을 얻을 수 있는 루트들이 많으므로 굳이 책을 읽지 않는 것일 수도 있다. 경기도교육청이 도내 혁신 공감 초·중·고등학교 7곳의 학생 561명을 대상으로 조사를 했는데 응답자 중 59.1%가 '책을 많이 읽지 않는다'라고 답했다. 책

을 읽지 않는 이유로는 1위가 '스마트폰과 컴퓨터를 하느라 시간이 없어서'였다. 이외에도 '책 읽는 시간이나 장소가 별로 없음'이 27.8%, '책 읽는 자체가 지루함'이 24.5%, 무슨 책을 읽어야 할지 모르겠다는 답변이 11.1%였다. 독서를 하는 학생들도 응답했는데 독서 행태가 능동적이지 않고 거의 수동적인 결과를 알아낼 수 있었다고 한다. 책을 읽는 목적을 물었는데 응답자 중에서 24.8%가 책이 즐겁다고 말했고 선생님이나 부모님이 읽으라고 해서 읽는다는 학생이 20.5%로 1, 2위가 비슷한 수치를 보였다. 성인들을 대상으로 한 조사에서도 1위가 '책 읽기가 싫고 습관이 들지 않아서'라는 응답이 35.2%라는 수치를 보였다. 그 뒤를 이어서 '직장(학교) 때문에 시간이 없어서 읽지 못한다.'라는 응답이 26.4%였다. 책은 안 읽을수록 점점 더 안 읽게 되고 책을 많이 읽는 사람은 점점 책을 많이 읽게 되는 것이 있다. 독서할 시간이 없다는 것은 사실 핑계에 불과하다. 여러 가지 유혹을 뿌리치지 못해서 책을 읽을 시간이 없는 것이다. 바쁘다는 핑계로 내 우선순위에 있는 것만 하게 된다. 그렇다면 죽을 때까지 독서라는 행위는 내 우선순위에 오르지 않게 될 것이다. 모두가 바쁜 세상에서 살고 있다. 그러나 언제부턴가 사람들은 돈이 전부가 아니다, 행복한 삶은 무엇인가, 나를 돌아보며 살아가자는 사회적인 분위기가 생성되고 있다. 이 와중에도 바쁘다는 핑계를 대며 책을 읽지 않는다는 것은 거짓말이다. 바쁘다는 핑계가 아니라 사실은 읽기 싫다는 것이다. 사람들이 책을 읽지 않는 여러 가지 이유 중에 책을 통해서 알게 되는 세상을 회피하기 위한 것도 있지 않을까 생각해본다. 나는 이렇게 살지 못하는데 책은 더 나은 인생을 위해 살아야 한다고 알려준다. 세상은 넓고 우리는 무한한 재능을 갖고 있다는 말을 하는데 현실 속 나는 그렇지 않은 것 같은 생각이 들기 때문에 회피하기 위해, 외면하기 위해 책을 읽지 않는 것도 있는 듯하다. 책 이외에 다른 콘텐츠를 이용하기도 부족한 시간인데 습관이 자리 잡지도 않은 독서를 할 필요가 없다고 생각하는 것이다. 다른 볼거리가 많으므로 글자로 가득한 책은 점점 멀어진다. 읽을거리는 많고 볼거리도 많다. 우리는 선택지가 무수한 세상 속에서 살아가고 있다. 선택지가 많은 세상에 살다 보니 선택 장애라는 말도 생겨나지 않는가. 선택 장애는 내가 읽을 만한 책을 고를 때도 나타난다. 선택할 수 있는 것들이 많아지면서 중도 포기를 하는 경우도 많아졌다. 오죽하면 꼭 끝까지 하지 않아도 된다는 책들이 나오겠는가. 중도 포기해도 상관없다, 하고 싶은 것만 하라는 내용의 책들도 많다. 포기해야 할 부분, 놓아야 할 부분을 제대로 생각하지 못하고 합리화하기 시작하면 실패 독서로 이어진다. 책을 읽지 않아 판단력이 없고 응용력이 없어서 이런 상황들이 생겨난다.

왜 읽지 않을까에 대한 반문으로 왜 읽어야 할까에 대해 이야기를 해보자. 〈하루 한 권 독서법〉(미다스북스[리틀미다스], 2018)의 나애정 저자는 "본격적으로 독서를 시작한 후에는 '어떻게 안 읽고 살았을까?' 의아해지기까지 했다."라고 말했다. 한번 시작하면 손을 놓을 수 없는 것이 책이다. 그런데 사람들은 읽지 않는다. 그 의아함을 느껴보지 못했기 때문이다. 첫 번째, 독서를 우선순위에 두어야 한다. 독서를 시작하기에 적절한 시기란 없다. 독서에 관련된 조사를 해보면 대부분이 시간이 없어서 안 읽거나 아예 읽기 싫어서 안 읽는다는 답변이 대부분이다. 어쩌면 시간이 없다는 것은 내 하루 우선순위에 독서가 없다는 것으로 받아들여야 할지도 모르겠다. 시간이 없어서 책을 읽을 수 없다는 말을 어느 정도 이해는 한다. 나도 직장 생활을 하면서 책을 읽는 시간이 많이 줄어들었던 경험을 했었다. 아침에 일찍 일어나 무거운 몸을 이끌고 대중교통을 이용해 회사로 출근하고 온종일 업무와 회의에 시달리다 야근을 하고 집으로 돌아오는 지하철에서 읽을 수 있었던 책도 부족한 잠을 채우기에 바빴으니까. 퇴근 후 집에 와서 자기 전 30분 독서를 한다면 얼마나 좋을까. 그러나 온종일 보지 못했던 스마트폰에 재미있는 것들을 일일이 확인 후에 잠이 들어야 일과를 마친 것 같았다. 습관이 없어서 또는 나의 하루의 우선순위에 독서가 없으므로 뒤로 밀리는 것뿐이다. 나는 바쁜 회사 생활을 할 때 독서는 쉬는 날과 출근 시간 버스 안에서 읽는 것이 전부였다. 그마저도 버스에서는 서 있어야 하는 경우가 많아서 스마트폰 전자책으로 읽었다. 독서 습관이 그나마 있었기에 가능하지 습관이 없는 사람은 이런 시간을 쪼개가면서까지 독서를 해야 하나? 라며 중요성을 깨닫지 못할 것이다. 그러나 당신은 독서를 해보고 싶다는 생각에 이 책을 선택하지 않았는가? 자기계발에 독서 습관이 필수인 시대다. 독서하지 않는 사람이 많은 세상이라 조금만 독서를 해도 경쟁력이 되는 시대다. 독서를 우선순위에 두고 책을 펼쳐 한 줄이라도 읽어보자. 그것조차 어렵다면 책을 가까이에 두어라. 멀리서 표지만 바라보더라도 책을 가까이에 두어야 한다고 나는 계속해서 말하고 있다. 언젠가 표지만 바라보던 책에 손을 뻗어 읽게 되는 날이 반드시 올 것이기 때문이다. 스마트폰 보는 시간을 10분만 줄여서 독서하자. 이렇게 우선순위에 두어야겠다는 강박관념을 가지면 언젠가 당신은 훌륭한 독서가로 거듭날 수밖에 없다. 다음으로는 독서 습관을 만들어야 한다는 강박관념을 가지자. 물론 독서 습관은 10대 때 만드는 것이 가장 좋다. 내가 지금까지의 시간을 거치면서 가장 많이 남는 책들은 보통 10대 때 읽은 책들이다. 쉽게 말해 뇌가 더 말랑말랑하니 많은 것들을 받아들일 수 있다. 어쩔 수 없다. 그러나 책을 고를 때 선택지는 성인이 되고 나서부터 훨씬 폭이 넓어진다. 10대는 읽을 책을 학원에서 선정한다. 학교에서 선정하고 책 읽는 부모님의 추천으로 읽는 경우가 대부분이다. 스스로 선택권이 거의 없으므로 내가 원하는 독서는 잘되지 않는다. 주변으로부터의 추천으로 인해 강제 독서가 된다면 다행이다. 하지만 10대에게 추천하는 책을 이미 사회생활에 지쳐있는 성인들이 하게 된다면 재미를 찾을 수는 없다.

독서는 나이가 중요하지 않다. 어릴 때 책을 안 읽어서요. 라고 합리화하지 말아라. 인간은 합리화의 동물이라곤 하지만 본능대로만 따르면 사람이 아닌 동물에 가까운 종족이 아니겠는가. 10대로 돌아갈 수 없다면 지금부터라도 독서 습관을 만들어야 한다. 21일만 지속한 행동을 하면 습관이 된다는 말을 들어본 적 있지 않은가? 나이를 더 먹을수록 책과 더욱 친해져야 한다. 그러나 현실은 그렇지 못하다는 것을 알 수 있는데 2017년도 우리나라 독서 인구 조사에 따르면 13세~49세까지 1인당 평균 독서 권수가 가장 낮았던 것은 40대였다고 한다. 19세까지 독서량이 가장 높고 20대를 거쳐 30대가 되면서 독서량이 많이 줄어들고 있다는 것을 알 수 있다. 나이가 들수록 더 가까이에 두어야 할 것은 단연 책이다. 몸이 방 안에 있어도 정신은 세상을 품을 수 있다. 지식을 얻는 것은 당연하다. 독서의 본질은 생각하는 능력이 깊어진다는 것이다. 그래서 나이가 들수록 독서를 해야 한다. 독서를 많이 하는 사람들은 그들만의 똑똑함이 있다. 학교나 직장을 다니고 나서 '아 이 사람 똑똑하구나' 느끼는 똑똑함이 아닌 독서하는 사람들, 고찰하는 사람들 자체에서 묻어나는 무던한 똑똑함이 있다. 그러한 것들을 풍기는 나이든 어른은 정말 매력적이다. 당신은 어떤 어른이 되고 싶은가?

시대가 변해도 독서의 중요성은 변하지 않았다

> 오직 독서 이 한 가지가
> 큰 학자의 길을 좋게 하고,
> 백성을 교화시키고,
> 임금의 통치를 도울 수 있게 할 뿐만 아니라,
> 짐승과 구별되는 인간다움을 만든다.
>
> – 정약용

시대는 빠르게 변하고 있음에도 느림의 미학과 같은 독서는 오랜 시간 변하지 않았다. 그 이유는 당연히 독서가 우리에게 주는 영향이 무한하다는 것을 잘 알고 있기 때문이 아닐까. 강산이 변해도 독서를 강요하는 생각과 습관은 변하지 않았다. 그렇다면 왜 변하지 않았던 걸까? 책은 살아 숨 쉬는 역사다. 시대가 변하면서 성공의 기준은 달라지고 있다. 빠르게 변하는 시대에 발맞춰 성공의 기준도 빠르게 변하며 다양한 모습을 갖춰가는 것이다. 그런데도 독서의 중요성은 수백 년 동안 이어져 왔다는 사실은 부정할 수 없다. 지배계층은 피지배계층이 책을 읽지 못하도록 만든 사건들은 역사에 기록된 양만 봐도 어마한 수준이다. 1500년대 초반부터 시작됐던 흑인 노예들은 시간이 지날수록 책에 대해 귀중함을 알았고 독서를 시도했었다. 그러나 노예의 주인들은 흑인 노예들이 글을 읽고 쓰지 못하도록 채찍질을 멈추지 않았다고 한다. 그런데도 계속해서 책을 읽으려 시도하는 노예들에게는 종이를 넘기지 못하도록 집게손가락을 잘라내기도 했다. 미국에서는 19세기 중반까지도 모든 흑인에게 글을 가르쳐서는 안 된다는 법들이 지켜졌다. 사람들은 노예가 책을 읽으면서 사고력을 키우고 생각을 할 줄 알게 되면 행동하게 된다는 사실을 너무 잘 알고 있었을 것이다. 노예의 주인은 지금 무언가가 잘못되어 있다는 것을 노예들이 깨닫게 되는 것이 두려웠을 것이다. 또 다른 사건으로는 당나라의 장군이었던 소정방이 고구려를 침략하고 가장 먼저 한 일로 동양 최고의 고구려 도서관을 불태우는 일이었다. 소정방 역시 올바르지 못한 과거가 후손들에게 글로 남겨지는 것이 두려웠다. 또한 독일 나치스의 지도자였던 아돌프 히틀러는 베를린 도서관에서 모든 책을 불태웠다. 나치당이 책을 불태웠던 이유는 '비독일인의 정신을 정화한다.'라는 이유였다고 한다. 책은 지혜이며 역사였기 때문에 자신의 모든 것이 글로 남겨지는 것을 히틀러 역시 두려워했을 것이라고 사람들은 말한다. 책을 불태웠던 장소에는 현재 하인리히 하이네가 쓴 "이것은 서막일 뿐이다. 책을 태우는 곳에서는 결국 인간도 불태운다."라는 문구가 작게 쓰여 있다. 이 사건을 우리는 베를린 분서라고 한다. 이들 모두에게 공통점이 있다. 칼이나 총보다 훨씬 더 무섭고 대단한 힘을 가지고 있는 것이 책이라는 사실을 그들이 이미 너무 잘 알고 있었다. 베아트리체 바그너와 에른스트 푀펠의 책 〈노력중독〉(이덕임 역, 율리시즈, 2014)에서는 "200년 전 독서는 불복종의 뿌리였으며 어떻게 해서든지 막아야만 하는 행위였다."라고 말하고 있다.

시간이 흘러도 독서의 중요성이 변하지 않았던 이유가 바로 책의 힘이었다. 수백 년 전부터 사람들은 책의 힘을 너무 잘 알고 있었다. 책의 힘을 제대로 보여주는 연구가 또 하나 있다. 미국은 가문에 관한 연구를 많이 하는데 미국 뉴욕시 교육위원회에서는 미국 역사에서 빠질 수 없는 철학적 신학자인 조너선 에드워즈의 가문을 장장 5대에 걸쳐 연구한 사례가 있다. 비교 대상으로는 조너선 에드워즈의 어린 시절 친구였던 마커스 슐츠였다. 조너선 에드워즈는 후손들에게 책을 읽는 습관을 물려주었고 마커스 슐츠는 독서는 전혀 하지 않는 전통을 물려주었다. 에드워즈의 직계 후손은 총 873명으로 600여 명이 넘는 후손들이 대학 총장, 교수, 의사, 공무원, 판사, 하원의원, 미국 부통령, 상원의원, 변호사 등의 직업을 가지며 살고 있었다. 반면 마커스 슐츠의 후손은 1,292명 중 약 930여 명이 거지, 매춘부, 도둑, 살인자 등으로 살고 있었다. 이 연구 결과 때문에 우리는 조금이나마 깨달아야 한다. 대대손손 책을 읽는 습관을 물려준 대가가 추후 큰 변화를 가져왔다. 시대가 변해도 독서의 중요성은 변하지 않았다는 사실을 조금이나마 인지할 수 있게 됐다. 또 독서를 하고 하지 않고의 차이를 명확히 확인할 수 있었다. 우리 조상들은 모두 책의 힘을 빌려 살기를 원했다. 수천 년에 걸쳐 독서의 중요성을 강요해 왔지만, 시간이 지날수록 우리는 오히려 책과 점점 멀어지고 있다. 이러한 문제는 점점 심각해지고 있다. 책은 분석적인 관점을 만들어 주고 창의적 사고 능력을 키워준다. 종합적인 사고 능력을 만들어주고 나 자신을 성장시키는데 독서만큼 빠르고 정확한 것이 없다. 이 명백한 사실은 시대가 빠르게 변하기 훨씬 이전부터 전해져 내려왔다. 책을 가까이하지 않았던 사람도 책이 오랜 시간 변하지 않고 중요성을 말해왔다는 사실은 역시 느끼고 있을 것이다. 물론 우리는 정약용처럼 조너선 에드워즈처럼 또는 집게손가락을 잘리면서까지 책을 읽으려 했던 흑인 노예들처럼 읽을 수는 없다. 그럴 필요도 없다. 그러나 우리는 퇴화하지 않기 위해, 앞으로 한 걸음 더 나아가기 위해 지금 당장 책을 펼쳐야 한다. 우리를 한 걸음 더 나아가게 하는 것은 독서뿐이다. 극단적인 비유라고 생각할지도 모르지만 적어도 나는 이 사실을 경험했다.

20년 전에도 책을 읽으라는 말을 귀에 딱지가 앉도록 들었으며 20년이 지난 지금도 여전히 사회는 책을 읽으라며 강요하고 있다. 주변에서의 인식도 여전하다. 초등학교 때 쉬는 시간에 책을 읽으면 선생님은 나를 칭찬했다. 현재 카페에 앉아 친구를 기다리며 책을 읽으면 친구는 '역시 너답다'라며 독서하는 나를 추켜세운다. 이상하지 않은가. 많은 사람은 무의식적으로도 독서하는 습관은 좋은 행위이며 책은 좋은 것이라는 생각을 하는 것이다. 시대가 변해도 독서를 해야만 하는 이유와 강요하는 사회는 변하지 않았다. 책을 읽는 것에 대해 거부감을 느끼거나 반감을 보일 필요 없다. 독서란 어려울 것 없다. 지금의 내 수준을 파악하고 한두 단계 이상의 계단을 오르기 위해 책을 펼치기만 하면 된다. 그리고 글자를 읽는다. 한 사람을 만나기 위한 것이란 생각으로 책을 펼치기만 하면 된다. 처음에 우리가 가져야 할 목표는 1달에 1권이다. 오직 나를 위해 가벼운 책 한 권만 읽어도 충분하다. 잠깐 다음 페이지로 넘어가기 전 독서의 중요성이 천 년을 이어져 왔던 사실에 대해 생각하며 사색에 빠져보길 바란다.

독서의 즐거움

> 독서만큼 값이 싸면서도
> 오랫동안 즐거움을 누릴 수 있는 것은 없다.
>
> – 미셸 에켐 드 몽테뉴(Michel Eyquem de Montaigne 1533~1592)

    우리는 독서를 통해 무언가를 얻어내기 위해서 읽는다. 그래서인지 독서를 하다가도 금방 지쳐 떨어져 나가는 것일지도 모른다. 물론 책을 읽음으로써 얻을 수 있는 것은 많다. 하지만 어떤 책을 읽느냐보다 더 중요한 것은 나의 마음가짐과 생각이다. 불어오는 바람을 보고도 배울 것이 있다고 했다. 그런데 마치 한 권의 독서가 정답이 되듯 말하는 사람을 만나면 당황스러울 때가 있다. 강요에 의한 독서가 아닌 내가 좋아하는 독서를 하면 인정을 받게 된다. 나는 대접받길 원하고, 인정받고 싶어 하는 사람과는 거리가 꽤 멀다. 오히려 남이 나를 치켜세워줘도 나는 스스로 "아직 아니야"라고 말할 정도다. 겸손이 아니라 자존감 결여라고 말해도 이상하지 않을 만큼 자신을 높게 사는 편은 아니다. 그러나 독서만 해도 평균 이상의 인정을 받았다는 것은 부정하지 않는다. 나는 어렸을 때부터 책을 읽으며 쌓아온 나만의 역량, 나만의 생각, 나만의 능력 등 알 수 없는 무엇인가가 늘 있었다. 어떤 사람을 만나도 기본적인 대화가 대부분 가능했다는 것을 알 수 있었다. 어린아이를 만나도 대화를 할 수 있었고 나이가 지긋하신 어르신을 만나서 대화를 해도 끊이지 않는 대화를 나눌 수 있었다. 이렇게 큰 문제 없이 대화가 되니 누군가에게 생각의 그릇이 큰 사람으로 평가받기도 했다. 독서를 통해 배운 정보와 지식으로 인해 회사에서 마치 특출한 사람이 입사했다는 것처럼 과한 인정을 받기도 했다. 물론 모든 회사에서 뛰어나게 특출한 사람이라고 인정받은 것은 아니지만 내 전공 분야가 아닌 업무를 맡아도 큰 문제 없이 해결할 힘이 있었다. 이 모두는 독서의 힘이었다. 나는 단지 물어볼 곳이 없어 책을 펼쳤을 뿐이다. 투자회사에 다니며 아침마다 수많은 양의 신문을 읽어야 했기 때문에 속독 학원에 다닌 적이 있다. 그 외에 독서를 할 때는 속독을 하듯 급하게 읽지 않는다. 속도는 책을 많이 읽을수록 저절로 생겨나니 처음부터 서두르지 않아도 된다. 책은 음식과 같다. 급하게 먹는 밥은 맛도 제대로 느낄 수 없을뿐더러 체하기 마련이다. 곱씹어 먹어야 밥맛을 제대로 음미할 수 있듯 책 역시 문장을 곱씹고 작가의 표현이나 생각을 곱씹을수록 맛이 있다.

내가 생각하기에 나 스스로가 어렸을 때부터 지금까지 읽었던 전체 독서량이 적은 편은 아니다. 오랫동안 지치지 않고 책을 계속해서 읽어 올 수 있었던 비결은 천 권을 읽고 만 권을 읽어 나를 성장시켜야겠다는 목표가 아니라 오직 나만의 즐거움으로 독서를 했다는 것이다. 외로울 때마다 책을 펼쳤다. 생각이 많을수록 독서를 했다. 고민이 많아지고 난관에 부딪혔을 때마다 책을 통해 조언과 방향을 찾을 수 있었다. 책은 방향과 방법을 알려준다. 선택은 내가 해야 하는 몫이다. 선택 장애였던 내가 선택을 할 수 있는 능력을 만들어 준 것 역시 책이었다. 우리는 선택지가 너무 많은 세상에서 살고 있다. 선택 장애가 정신질환 중 하나라는 말이 나오기도 한 것을 보면 그 심각성을 알 수 있다. 당신이 선택하는 것에 어려움을 느낀다면 책을 읽어야 한다. 내가 읽은 책이 과연 얼마만큼이나 내게 영향을 주는 책이 될 수 있냐를 좌지우지하는 건 내가 책을 읽는 방법에 달려 있다. 독서법에 정답은 없다. 그저 일단 읽는 것에서부터 시작된다. 책을 한 권, 두 권씩 읽다 보면 나만의 독서법이 만들어진다. 책은 누군가가 대신 읽어 그 가치를 내게 줄 수 있는 행위가 아니다. 책이란 즐기지 못하면 평생 내 것이 될 수 없다. 독서의 즐거움을 알게 된다면 세상을 바라보는 관점이 달라진다. 그래서 내가 스스로 좋아하고 원하는 것을 선택할 수 있는 능력도 얻을 수 있게 된다. 어떤 책을 읽더라도 내가 읽는 책을 나의 문제나 나의 일에 대입시켜 생각해보면 그냥 글을 읽을 때보다 훨씬 더 독서의 재미를 느낄 수 있다. 즉, 책 속의 주인공이 되어보자는 이야기다. 이는 소설에서만 가능한 것이 아니다. 에세이를 읽어도 자기계발서를 읽어도 경제, 경영서를 읽어도 나를 대입시켜보며 책을 읽을 수 있다. 적극적으로 책 속으로 파고들어야지만 독서의 흥미와 재미를 느낄 수 있다. 책을 읽는 것은 온전히 '나' 자신을 위해서다. 책을 느낄수록 독서가 즐거워진다. 저자와 공감할수록 책은 가슴에 더 와 닿는다. 시간이 지나다 보면 내가 서서히 변하고 있다는 사실을 인지할 수 있다. 운동 후에 근육통이 오듯 책을 처음 읽으면 근육통이 심하게 올 수도 있다. 그것은 뇌의 운동이다. 나의 정서와 생각의 근육통과 같은 통증이 있으면 내가 독서를 즐기고 내 것으로 만들고 있다는 증거다.

독서만 하면 인생이 바뀐다는 독서 만능설을 말하고 싶지는 않다. 막연하게 책은 내게 지혜를 준다는 말 역시 하고 싶지 않다. 책을 많이 읽는 것만이 중요한 것이라는 따분한 이야기도 하고 싶지 않다. 나만의 방식으로 내 것으로 만드는 것이 중요하다는 말을 하고 싶다. 독서의 즐거움이 얼마나 큰지를 글자로, 말로 모두 설명할 수는 없다. 독서의 즐거움을 느끼고 깨닫기 위해 가장 빠른 방법은 일단은 한 권의 독서부터로 시작된다. 독서를 이미 즐기고 있는 사람들만이 느낄 수 있는 것이 분명히 있다. 독서를 하는 것이 중요하다는 것은 모두가 잘 알고 있다. 중요성은 내가 깨달았는데 책 추천은 남들에게서 받으려 한다. 당신이 반드시 읽어야 할 필독서, 죽기 전에 봐야 할 100권과 같은 책은 없다. 당신이 즐거움을 느낄만한 책을 선택해서 읽는 것이 독서로 가는 첫걸음이다. 한 분야로만 책을 계속해서 읽으면 지루함을 느낄 수 있다. 이 책, 저 책을 다양하게 읽어야 재미를 느끼기 쉽다. 여러 가지 분야의 책을, 여러 저자의 책을 맛보라고 말하고 싶다. 다양한 책을 읽어야 독서의 즐거움에 빠지기 쉽다. 대신 의무감은 버리고 독서를 시작해야 독서의 즐거움을 만끽할 수 있을 것이다. 책은 읽어야'만' 하는 것이 아니다. 읽기 싫은 책은 덮어도 좋고 재미없는 책은 패스해도 괜찮다. 첫 책을 읽었을 때 술술 잘 읽힌다면 내 수준과 잘 맞는 책이다. 그러나 너무 어려운 책만을 고집해서 읽는다든지 책을 읽어야만 하는 의무감으로만 독서를 한다면 즐거움을 느끼기가 쉽지 않을 것이다. 독서를 해야만 하는 의무감이 아닌 오직 나를 만나는 시간이라고 생각하자. 나를 안다는 것은 참 어려운 일이다. 그러나 나 자신을 알아가는 시간은 그 무엇보다 유익하고 가치 있는 시간이 될 것이다. 당신이 독서를 하면서 즐거움을 느끼게 된다면 더 많은 책을 읽어보고 싶다고 느낄 것이다. 책을 빨리 읽어내야만 하는 무엇이라고 생각하지 말자. 음식도 급하게 먹을수록 체하기 마련이다. 읽었던 책을 다시 읽는 것 역시 재미가 있다. 새로운 즐거움을 느껴보고 싶다면 읽었던 책을 다시 한번 읽어보는 것도 좋다. 전에는 몰랐던 내용을 다시 읽었을 때는 전혀 다른 재미를 느낄 수 있다. 헤르만 카를 헤세(Hermann Karl Hesse, 1877~1962)는 다시 읽기를 진정한 독서로 보기도 했다. "의무감이나 호기심으로 딱 한 번 읽는 것만으로는 결코 진정한 기쁨과 깊은 만족을 맛볼 수 없으며, 기껏해야 일시적인 흥분을 초래할 뿐 금세 잊히고 만다. 하지만 어떤 책을 처음 읽으면서 깊은 인상을 받았거든 얼마쯤 지난 후에 꼭 다시 읽어 보라. 두 번째 읽을 때 비로소 그 책의 진수를 발견하게 되고, 표면적인 것에 불과했던 긴장감이 사라지면서 글 고유의 힘과 아름다움이라 할 내면의 가치가 모습을 드러내는데, 얼마나 경이로운 경험인지 모른다. 그리고 이렇게 두 번을 즐겁게 읽은 책이라면, 비록 책값이 만만치 않을지라도 반드시 구입하도록 한다."라고 말했다. 이처럼 다시 읽기로 즐거움을 얻을 수도 있다. 책 읽기의 또 다른 즐거움인 것이다. 남들이 읽어야만 한다는 추천서나 필독서를 읽기보다 그저 자신이 읽고 싶은 책을 읽자. 읽어서 즐거움을 얻을 수 있으면 그것이 진정한 독서다.

책 선정의 기준

누구에게나

정신에 하나의 획을 그어주는 책이 있다.

– 프랑스 시인, 장앙리 파브르(Jean-Henri Fabre, 1823~1915)

당신은 어떤 기준으로 책을 선정하는가? 나는 책 선정의 기준이 여러 가지다. 사람들은 '어떻게 해야 책을 많이 읽을 수 있나요?', '속독은 어떻게 하는 건가요?' '어떻게 읽어야 잘 읽는 건가요?' '어쩌다가 책 읽는 습관을 갖게 됐나요?' 이런 질문들을 많이 한다. 방금 질문을 읽으며 눈치챘는지는 모르겠지만 대부분의 사람은 '어떻게' 읽어야 하는지 How로만 묻고 있다. '어떻게'만을 묻는다는 것은 '왜' 읽어야 하는가는 이미 잘 알고 있다는 것을 전제하에 질문하는 것 같다. 그래서 왜 읽어야 하는가의 Why가 아니라 어떻게 읽어야 하는지에 대한 How로만 질문을 한다. 한국에서 기본 교육을 받으며 자란 사람이라면, 책을 읽으면 어휘력이 좋아진다, 통찰력이 생긴다, 공감 능력이 좋아진다, 논리적으로 생각할 힘을 기를 수 있다는 등의 이야기들을 숱하게 들으며 자랐을 것이다. 그러나 한 권의 독서가 전래동화에 나오는 도깨비방망이는 아니다. 책 한 권으로 책의 긍정적인 효과가 내게 그대로 나타나지 않는다는 것이다. 그러기에는 우리는 이미 선입견과 편견이라는 나만의 틀을 갖고 있기 때문이다. 그래서 책 한 권을 그대로 흡수할 수 있는 능력이 없다. 어쨌든 결론만 놓고 보면 모두가 책을 읽어야 하는 이유는 알고 있다는 점은 좋은 일이다. 책 한 권으로 내 생각의 뿌리를 모두 바꿔놓을 수는 없지만 잘 선택한 한 권은 분명 내게 감동과 공감과 안정을 준다. 사람들은 어떻게 읽어야 하며 왜 읽어야 하는지 묻지만 '무엇을' 읽어야 하는지에 대해서 크게 고민하지 않는다는 것을 깨달았다. 전에는 사람들이 책 추천을 원하면 나는 그 자리에서 바로 책을 추천했다. 보람을 느끼든 실망을 하든 그 몫은 상대방의 몫이라고 생각했다. 그런데 다음 책까지 계속해서 추천을 받으려고 하는 것을 보고 이제는 책을 추천하지는 않는다. 책을 한 권 읽으면 다음 책은 어떤 책을 읽어야 하는지 파생 독서가 가능해져야 하는데 그것을 무시하고 남에게 추천만 받으려 하는 것이다. 그것은 제대로 읽지 않았다는 뜻이다.

현대 사회에는 필독서라며 '죽기 전에 읽어야 할 책 100권', '20대가 반드시 읽어야 할 책 50권', '40대가 읽어야 할 필독서 100권' 등의 목록들이 인터넷에 돌아다닌다. 필독서라는 것은 없다. 고전을 반드시 읽어야 한다고 하지만 나 역시 고전을 즐겨 읽지는 않는다. 고전은 어렵다. 사람들이 반드시 읽어야 할 책이 고전이라고 했으니 고전을 읽어야겠다며 첫 책부터 고전을 읽었다간 평생 독서를 하지 못하는 불행이 일어날지도 모른다. 그러니 남에게 책 추천을 받으려 하지 마라. 내게 필요한 책은 반드시 있다. 깊게 생각해 본 적이 없어서 내게 필요한 것이 무엇인지 모르는 것이다. 조금만 생각해보아도 내게 필요한 것은 아마도 대단한 것이 아닐 것이다. 내가 지금 업무에 스트레스를 받는다면 업무 관련된 책을 읽으면 된다. 심리 상태가 불안정하다면 심리학 관련된 가볍고 얇은 책부터 읽으면 된다. 독서법에 정답은 없으나 나의 일상생활에 도움을 얻고 조언을 얻고 참고할 수도 있다. 책 읽기를 본격적으로 시작하기 전 첫 책을 자기계발로 생각하는 사람이라면 독서법 관련된 책 3권은 읽어라. 가벼운 기본서, 본질을 알려주는 책, 그리고 여러 가지 책을 추천하고 있는 책 이렇게 3권만 읽어도 충분하다. 읽다 보면 내가 어떤 책을 원하는지, 읽고 싶은 분야가 어떤지 알 수 있다. 어떠한 책을 읽어도 상관은 없다. 책을 추천받기를 원하는 사람들이 많은데 지금 같이 책이 쏟아져 나오는 사회에서 책을 누군가에게 추천하기란 힘든 일이다. 누군가에게는 인생이 바뀔 만큼의 가르침을 준 책이 또 다른 누군가에게는 아무런 감흥이 없는 책이 될수도 있다. 책을 추천해달라는 한 지인에게 가독성이 좋고 가벼운 책이라고 생각해서 책 제목을 말했더니 3분의 1도 읽지 않고와서 내게 말했다. "책이 너무 어려워서 못 읽겠어요." 사람마다독서 레벨이라는 것이 있다. 독서를 1주일에 1권씩 하는 사람과 1년에 1권씩 하는 사람과의 독서 레벨은 다를 수밖에 없다. 그러니 남들의 추천서에 휘둘리지 않기를 바란다. 일방적인 추천서를 받다 보면 당신의 기준은 만들어지지 않은 채로 독서와 멀어진다. 어떤 책이 재미있는지, 어떤 책이 도움이 되는지, 어떻게읽어야 하는지에 정답은 없다. 하지만 첫 책은 무조건 만만한 책이다. 서점에 가서 이 책 저 책 펼쳐보자. 누군가는 서문을 꼭 읽어봐야 한다고 말하고 누군가는 차례를 보면 그 책이 어떤 책인지를 알 수 있다고 말하지만 나는 책의 아무 곳이나 펼쳐 최소한 한 바닥은 읽어보라고 말한다. 독서와 친하지 않은 사람은 서문을 읽든 차례를 읽든 책의 흐름을 이해하기 어렵다. 나도 초보독서가 시절에 그랬다. 차례를 반드시 읽어야 한다고 해서 차례를 읽어보았는데 왜 읽으라고 하는지 이해할 수 없었다. 책의 제목에 이끌린 책 한 권이 있다면 펼쳐서 먼저 차례를 본다. 차례를 읽다가 와 닿는 소제목이 있다면 그 페이지로 가서 최소한 한 바닥 읽기를 시작한다. 소제목의 챕터만이라도 모두 읽어보고 책을 구매한다면 더욱 좋다. 그렇게 읽었을 때 글자도 큼직큼직하고 술술 읽힌다면 그 책이 내 첫 책이 된다. 꼭 대형서점에서 진열대에 판매하고 있는 책이 아니어도 좋다. 좋아하는 만화책을 읽어도 좋다. 만화책도 책이다. 요즘 청소년들은 삼국지나 그리스 로마 신화 같은 것을 모두 만화로 된 책으로 읽는다. 푹 빠져서 읽는 것을 보았다. 나 역시 그 책을 읽어 본 적이 있는데 만화가 그렇게 재미있는 줄 몰랐다. 그렇다고 너무 가볍지만도 않아서 재미와 지식, 정보 또한 책을 덮었을 때 사색할 수 있는 시간까지 만들어 주었다. 나는 대단한 독서를 권하지 않는다. 남들만큼만 하는 독서, 남들보다 뛰어난 독서를 말하지 않는다. 그저 온전한 내가 되는 길, 나의 내면에 기준을 놓고 책을 선정해서 읽어도 충분하다. 읽고 싶은 책이나 사고 싶은 책은 지금 내 기분이 어떠한지부터 점검한다. 요즘 이유도 모르고 생각이 많아지고 기분이 가라앉는다면 마음의 안정을 줄 만한 책을 고른다. 새로운 무언가를 시작하려고 한다면 기획서를 작성하는 방법을 참고할 수 있는 책을 읽는다. 남들이 베스트셀러라고 말하고 재미있다고 말하는 것도 참고는 하지만 굳이 따지자면 100% 중에서 20%만 참고한다. 남들이 만든 베스트셀러가 아닌 내 기준에서 베스트셀러 목록을 만들어보자. 나만의 베스트셀러 목록을 만드는 것이 어렵다는 생각이 드는가? 한 권의 독서로부터 시작한다면 충분하다. 독서를 계속하다 보면 굳이 나만의 베스트셀러 목록을 만들려고 노력하지 않아도 저절로 만들어질 것이다. 책은 내가 내 손으로 직접 고르는 게 맞다. 누군가의 추천 도서가 내게 크게 도움 되지 않을 수 있고 누군가가 무시했던 책이 내 인생 단 한 권의 책이 될 수도 있다. 내가 입고 싶은 옷, 내가 원하는 스타일의 옷을 사서 입어야지 남이 사주는 옷은 마음에 들지 않아 옷장 속에 박히는 일이 생긴다. 내가 내 손으로 직접 고른 옷임에도 한 번씩 마음에 들지 않아 새 옷 그대로 옷장에 박혀 있는 경우도 있는데 어떻게 남이 골라주는 옷만 입을 수 있겠는가. 책을 읽는 방법도 이와 같다. 내 입맛에 맞는 책을 골라 읽어야 재미가 붙어서 끝까지 읽어나갈 수 있다. 첫 책이 다음의 책을 정해준다. 지금 당장 내게 필요한 책이 무엇인지, 나는 지금 어떠한 심리 상태인지, 회사에서 맡은 내 업무의 어떤 도움이 되고 싶은지부터 생각해보자.

반드시 목적을 가져라

{
"인간은
자신의 내면에서 반짝이는 섬광을 감지하고
보는 법을 배워야 한다."

– 미국 시인, 랄프 왈도 에머슨(Ralph Waldo Emerson, 1803~1882)
}

어떤 책을 읽어야 하는가에 고민을 해봐도 도저히 모르겠다는 생각만 든다면 목적이 없기 때문일 수 있다. 책을 읽기 전에 반드시 목적을 가져야 한다. 목적 없는 독서는 읽어도 내게 남지 않는다. 독서가 목적이 되는 것이 아니라 목적을 정한 후 목적에 도달하기 위해 독서를 하는 것이다. 따라서 독서는 수단이 되어야 한다. 책을 '처음' 읽는 사람이 어떤 책을 추천해줄 수 있냐는 질문을 받을 때면 나는 90%를 업무와 관련된 책부터 읽으로라고 말해왔다. 특별한 기준이 없다면 내가 하는 일과 관련된 책을 가장 먼저 읽는 것을 추천한다. 일과 관련된 책을 읽으면 저자와 공통 관심사가 있다는 것을 느끼고 재미와 흥미를 느끼게 된다. 독서는 저자와 대화를 나누는 것이다. 그러나 요즘은 심리학을 추천한다. 지금은 결과 중심에서 과정 중심으로 흘러가는 패러다임의 전환인 시대다. 또 외향적 추구에서 내향적 추구로 변해가는 문화의 흐름이 있다고 생각해서 한 번쯤 나의 내면을 들여다볼 수 있는 심리학을 추천한다. 심리학은 분야가 적지 않아서 그 안에서 또 선택해서 읽을 수도 있다. 예를 들면 관계 심리학, 자아 심리학, 자존감, 범죄심리학, 행복심리학, 사회심리학, 아동심리학, 청소년 심리학, 마케팅심리학 등이 있다. 심리학만 해도 종류가 방대하다. 나 역시 이직을 하면서 직무가 달라질 때마다 심리학은 빠짐없이 매번 읽었다. 내가 자주 읽은 심리학은 자존감, 마케팅심리학, 관계 심리학 등이었다. 또한, 독서로 공부를 하고 싶다면 중학교 2학년 정도 수준의 자습서부터 읽어보라고 말한다. 자존심이 상한다고 생각할 수도 있다. 하지만 요즘 중학교 2학년 수준은 90년대나 00년대와는 완전히 다른 수준이다. 결코, 무시할 수 없는 수준이기 때문에 공부의 기본을 갖추는데 탁월하다. 아무래도 대상이 청소년이기 때문에 가독성이 정말 좋다. 쉽게 설명하려 하다 보니 어려운 용어도 잘 쓰지 않아서 술술 읽힌다는 장점이 있다. 책을 언제 읽었는지 기억조차 나지 않는 사람이라면 사색할 수 있는 시간을 주는 책과 가까워져 보는 것도 좋다. 이제는 스마트폰 안에서 얻는 가볍거나 한 번 보면 잊어버리는 깊이 없는 글들에서 벗어나야 한다. 처음부터 내가 선택해야 다음 책도 그다음 책도 내가 선택할 수 있다. 그러기 위해서 먼저 해야 할 일은 서점에 가는 것이다. 서점에 가더라도 나는 꼭 대형서점을 추천한다. 대형서점은 책이 많을 뿐만 아니라 사람들이 보기 쉽도록 동선에 잘 맞추어 정리해놓았다. 책 〈자기혁명 독서법〉(프레너미, 2019)의 이재범 작가는 "외로워서 누군가와 대화하고 싶을 때는 시와 에세이를 읽으며 마음을 추스를 수 있다. 의기소침해졌을 때는 동기부여나 자기계발 서적을 읽고 나 자신을 일으켜 세운다. 가끔은 자존감에 관한 책을 읽으며 현재 내 자존감은 어느 정도인지 점검해볼 수도 있다. 소설을 읽으며 다른 사람의 입장을 공감하는 능력을 기를 수 있다. 그 밖의 학술서들은 나만의 창고에서 지식을 차곡차곡 쌓도록 도와준다."라는 말을 했다. 이를 참고해서 책을 선택하는 것도 좋다. 한 지인은 목표가 생겼다면서 고전을 선택했다. 처음부터 어려운 책을 읽을 필요는 없다. 남들이 보기에 어려운 책을 읽으니 어깨에 힘이 들어갈지도 모른다. 남들은 내가 무슨 책을 읽는지에 대해 관심이 없다. 지인의 목표는 사업이었다. 사업 공부를 하기 위해 첫 책을 고전으로 읽는 것은 독서를 오랜 시간 지속시키지 않겠다는 것과 같다. 만약 전에 읽었던 책이 있다면 목적을 갖고 다시 한번 읽어보자. 완전히 다른 책이라는 생각이 들 것이다. 우리는 물건을 살 때도 기준을 놓고 비교하면서 산다. 예를 들어 물건을 살 때의 기준이 가격이라면 여러 곳에서 가격을 비교해야 한다. 그러나 나만의 기준이 없다면 남이 추천하고 남이 강요하는 것만 사게 된다. 결국은 나에게 맞지 않는 옷을 선택하게 되는 것이다. 맞지 않는 옷은 옷장에 넣어두고 꺼내 보지 않게 된다. 이는 독서와 같다. 목적이 없으면 책 광고에 휘둘리기만 할 뿐이다. 목적을 갖는 것을 독서로 찾고 싶다면 먼저 스테디셀러를 선택해서 읽어보라고 말하고 싶다. 베스트셀러는 사실 복불복이라고 생각한다. 홍보나 광고 효과로 베스트셀러까지는 오를 수 있으나 스테디셀러까지 오르는 것은 한계가 있다. 베스트셀러에 올라도 독자들은 냉정하므로 스테디셀러까지 오르지 못하는 경우가 많다. 그러니 오랜 시간 꾸준히 판매된 스테디셀러가 진열된 곳에서 글자 크기가 크거나 줄 간격이 널찍널찍한 자기계발, 에세이를 읽어보자. 무언가 자극이 되는 것을 좋아하지 않는다면 소설도 좋다. 상상력을 키워주는데 소설만큼 탁월한 책이 없기 때문이다.

한강 작가의 〈채식주의자〉(창비, 20017)가 '맨부커상'을 수상하자 사람들은 '맨부커상'이 무엇인지에 관심을 가지면서 책 〈채식주의자〉에도 관심을 가지기 시작했다. 그 당시 주변에서 책을 읽지 않는 사람들까지도 그 책을 읽었다며 내용에 관해 이야기를 나누는 광경을 보았다. 이러한 경우처럼 남들이 읽는 것을 한 번쯤 따라 읽어보는 것도 좋다. 내 기준이 없을 때는 다른 사람의 기준을 따르다 보면 나중에는 내 것으로 만들 수 있다. 또 누군가의 추천으로 얼어걸린 책이 내게는 정말 좋은 책으로 남을 수도 있다. 책에서 알려주는 대로 읽다 보면 나의 목적 역시 생길 수밖에 없다. 독서를 해본 경험이 많지 않기 때문에 목적이 없을 수 있는 것도 어쩌면 당연하다. 목적은 어려운 것이 아니다. 독서는 책을 구분하지 않는 것에서부터 시작되어야 한다. 혹시 재미없는 책을 읽어서 시간을 낭비하게 될까 봐 고민하는 사람을 본 적이 있는데 세상에 나쁜 책은 없다. 잘못된 책도 틀린 책도 없다. 책이 출간되었다는 것은 이미 여러 번의 검증을 받고 세상에 나왔다는 것이다. 만약 출판사가 부족한 감각으로 책을 출간했다고 한들 쓸모없는 책이라고 볼 순 없다. 세상에서 가장 좋은 책 역시 없다. 오직 '나에게 맞는 책과 그렇지 않은 책' 뿐이다. 그러나 독서에서만큼은 초보자라면 첫 책으로 고전 같은 책은 피하자. 꼭 고전을 읽고 싶다면 청소년 고전으로 쉽게 풀이된 책으로 읽자. 수천 권을 읽은 나 역시 고전 한 권을 뚝딱 읽어내지는 못한다. 생각이 많아지고 깊이 읽게 되므로 한 글자 한 글자 눌러 읽게 된다. 처음부터 어려운 책을 선택하면 나중에 독서가 더욱 싫어질 것이다. 그리스의 비극 작가 소포클레스는 "근심 없는 사람의 인생만큼 아름다운 인생은 없다. 근심 없는 삶은 참으로 고통 없는 악이다."라는 말을 남겼다. 근심 없는 사람은 없다. 각자의 근심은 자신이 제일 잘 알고 있다. 내면의 근심부터 해결해야겠다는 목표를 갖고 책을 찾아 나가는 것도 현명한 선택이다. 우리는 독서를 해야 한다는 그 자체보다 어떤 책을 읽을 것인가가 무엇보다 중요할지도 모른다. 그날의 기분에 따라 읽고 싶은 책을 읽어도 좋고 평소에 관심을 가졌던 분야를 읽어도 좋고 좋아하는 사람이 읽었다는 책을 읽어도 좋다. 스테디셀러를 읽어도 좋고 베스트셀러를 읽어도 좋다. 가장 중요한 것은 지금 당장 만만한 책을 펼쳐 한 문장부터 읽기 시작하는 것이다. 반드시 목적을 갖고 그 목적에 도달하기 위한 수단으로 독서를 선택해야 한다. 당신의 현재 고민은 무엇인가? 당신의 현재 관심 분야는 무엇인가? 당신의 목적은 무엇인가? 당신의 꿈은 무엇인가?

종이책, 전자책, 듣기 책

> 내가 알고 싶은 것은 모두 책에 있다.
> 내가 읽지 않은 책을 찾아주는 사람이
> 바로 나의 가장 좋은 친구이다.
>
> – 링컨

종이책

나는 종이책, 전자책, 듣는 책 세 가지를 모두 이용하여 독서를 한다. 그중 가장 많이 접해온 것은 종이책이었다. 나는 서점과 도서관에서만 느낄 수 있고 맡을 수 있는 다양한 책 냄새들을 좋아한다. 서점과 도서관에서만 느낄 수 있는 분위기가 있다. 그 분위기를 느끼고 냄새를 맡기 위한 것이 내가 서점과 도서관을 자주 가는 이유다. 종이책을 한 장 한 장 넘길 때의 촉

감도 좋아한다. 밑줄을 긋고 책의 모서리를 접어두는 묘한 매력은 종이책에서만 느낄 수 있다. 이것을 나는 손맛이라고 하고 싶다. 내가 얼마나 읽었는지 얼마나 읽을 분량이 남아 있는지 한눈에 파악하기도 쉽다. 또한, 한 권을 다 읽었을 때의 성취감은 이루 말할 수 없다. 나는 어려운 고전문학이나 두꺼운 과학 관련 책들을 읽을 때는 10등분으로 찢어 얇게 들고 다닌다. 그때의 손맛은 설명할 수도 없다. 아마 경험해본 사람만 아는 느낌일 것이다. 디지털 시대에 종이책이 여전히 잘 팔리는 이유는 여러 가지 이유가 있을 것인데 나처럼 손맛을 좋아하는 사람이 많을 것으로 생각한다. 종이책이 가지고 있는 감성적인 장점은 듣는 책이나 전자책이 따라올 수 없다. 한때는 전자책이 종이책을 사라지게 할 것이라고 했다. 그러나 이상하게도 종이책 수요가 증가하고 있다고 한다. 요즘 도서관이나 서점은 예전과 다르게 굉장히 트렌디하고 세련되며 새로운 콘셉트의 서점들이 많아졌다. 마치 숲속에서 책을 읽을 수 있는 것처럼 분위기를 조성한 도서관도 있다. 한남동에 있는 카오스 북파크는 서점과 카페, 갤러리, 강연장이 한곳에 모여있다. 한옥에서 즐기는 청운 문학도서관에서는 한옥의 고즈넉한 정취를 느낄 수 있으며 코엑스몰 별마당 도서관도 만들어질 때 매우 많은 관심을 끌었다. 이처럼 서점은 변하고 있다. 독립서점들도 점점 증가하는 추세다. 현재 국내에서 독립서점은 300개가 넘게 운영되고 할 정도라고 하니 대형서점에서 느낄 수 없는 독특한 경험을 할 수 있는 독립서점을 찾는 사람이 많다는 것이다. 종이책은 여전히 많이 사랑받고 있다는 사실을 알 수 있다. 예전에는 조용히 해야 하고 딱딱하기만 했던 도서관이 요즘은 다른 서점과 도서관으로 사람들에게 접근하고 있다. 이것이 사람들이 종이책을 잊지 못하고 계속해서 찾는 이유가 아닐까 생각한다. 전자책은 정말 종이책을 사라지게 할까?

개인적인 생각으로는 전혀 아니라고 본다. 나 역시 전자책과 종이책을 병행해서 보지만 종이책의 손맛은 전자책이 따라올 수는 없다. 데이비드 색스라는 캐나다 칼럼니스트는 "책은 아날로그 환경에서 가장 잘 읽힌다고."라고 말했다. 나는 이 말에 격하게 공감한다. 디지털화되어가는 세상에서 아날로그를 찾는 사람들이 많아지고 있다. 빈티지한 것들을 찾고 오래된 분위기를 좋아해 찾아가는 사람들이 많다. 독서는 종이책이라는 생각을 하는 사람이 많을 것이다. 이처럼 종이책은 쉽게 사라지지 않을 것이다.

전자책

전자책이 제일 처음 등장한 것은 1940년대 부피가 두꺼운 과학소설을 전자책으로 만들면서 시작되었다고 한다. 국내에서 인기를 끌게 된 것은 2000년대부터였다. 아마존이 본격적으로 전자책의 시대를 연 것은 2007년 '킨들'을 출시하며 시작됐다. 한 조사에서 태블릿 PC 사용자를 대상으로 사용 목적을 연구했더니 동영상을 보는 것이 49.1%, 전자책 읽기가 47.9%라는 결과가 나왔다고 한다. 종이책은 출간하지 않고 전자책만 출간하는 저자들도 많다. 전자책은 느리지만 조금씩 우리 삶에 스며들고 있다. 전자책의 장점은 여러 가지가 있는데 제일 먼저 느끼는 장점은 언제 어디서든 쉽게 들고 다닐 수 있고 가볍고 편리하다. 내가 어디까지 읽었는지 찾아 헤맬 필요도 없고 밑줄을 긋는다거나 메모하기도 편하다. 책을 읽은 사람들의 후기로 많은 사람과 생각을 공유할 수 있다. 굳이 서점과 도서관을 가지 않아도 사고 대출하는 것이 편하다. 사고 대출한 순간 바로 읽을 수 있는 장점도 있다. 무게가 일단은 가벼워 나는 자기 전에 불을 끄고 스마트폰을 손에 쥐고 스마트폰 불빛으로만 전자책을 읽으며 잠이 든다. 나는 이 순간을 하루 중 가장 좋아하는 순간이라 느낀다. 종이책이라면 불을 켜야 하는데 책을 읽으면서 잠들 수가 없다. 그러나 전자책은 내가 읽다가도 잠이 들며 방에 불을 끌 필요도 없다. 다음 날 다시 그 책을 읽으려고 해도 어디까지 읽었는지 찾아 헤맬 필요가 없이 마지막으로 책장을 넘겼던 곳으로 자동 안내해준다. 두 손에 자유를 주는 장점도 있다. 이처럼 장점이 많은 전자책을 찾는 사람들이 점점 증가하고 있다.

듣기 책

'윌라'라는 앱을 사용한 지 반년이 지나간다. 첫 달 무료라는 광고에 혹해 처음 듣게 됐다. 듣기 책이 낯설어 가벼운 내용의 책을 읽고 싶었다. 자기계발서를 틀어놓고 빨래를 개기 시작했다. 신기하게도 집중이 잘됐고 빨래도 정성스레 개고 있는 나 자신을 발견할 수 있었다. 책을 읽어주는 속도에 맞춰 내 행동이 느려지고 있었다. 성우들의 부드러운 목소리가 책 내용에 집중하게 해준다. 듣기 책은 경험상 단순 반복적인 일을 할 때 듣는 것이 가장 좋다. 산책할 때, 운전할 때, 혹은 나처럼 빨래를 개며 집안일을 할 때도 틀어놓고 있으면 마음이 편안하다. 왜 성우라는 직업이 중요한지 깨닫게 해준 것이 바로 듣기 책이었다. 한 번 듣기 시작하면 성우의 목소리에 빠져 계속 듣게 되는 매력이 있다. 눈으로만 읽는 것에 조금 지루할 때는 귀로 들을 수 있는 장점이 있다. 또 좋은 점 한 가지는 빼놓지 않고 처음부터 끝까지 모두 들을 수 있다는 점이다. 내가 읽기 싫어서 그냥 넘겼던 부분도 듣기 책은 빠짐없이 모두 들을 수 있다. 놓치지 않는 부분이 생겨서 성취감은 더욱 높았다. 그리고 한 권의 책을 모두 듣고 나면 내용이 좋은 책들은 구매해서 직접 소장하게 되는 경험을 했다. 잠들기 전 ASMR처럼 틀어놓고 잠이 들기도 했다. 이처럼 듣기 책은 내게 신세계를 경험하게 해주었다. 당신은 종이책, 듣기 책, 전자책 중 어떤 것을 선호하는가? 나는 셋 중 하나만 골라야 한다면 오랜 고민을 할 것 같다. 상황에 맞게 모두 다 장점이 있어서 어느 것 하나 포기하고 싶지 않다. 산만할 때는 종이책을 선호하거나 듣기 책을 듣는다. 왜냐하면, 전자책을 산만할 때 읽으면 메일을 확인하게 되거나 기사를 읽는 쪽으로 넘어가게 되기 때문이다. 스크롤을 쭉쭉 내려 대충 읽게 되기도 한다. 집중력이 좋을 때나 지금 당장 읽고 싶은 책이 생겼을 때는 전자책이나 듣기 책으로 바로 구매해서 읽게 된다. 이는 또 디지털화된 시대가 고맙게 느껴질 때도 있다. 서점이나 도서관까지 굳이 가야 하는 시간을 아껴주기 때문이다.

정보와 지식을 얻어야 하는 중요한 독서를 원할 때는 종이책을 읽자. 종이책보다 전자책을 읽을 때 같은 양이어도 20% 이상 오래 걸리는 연구 결과가 있다고 하니 이를 참고하자. 당신은 어떤 상황에 어떤 방법으로 책을 읽고 싶은가? 내가 언급한 각 장점을 파악해 당신과 어울리는 책을 찾길 바란다. 지금 당장 전자책과 듣기 책을 한 달만 결제해서 시작해보라. 전자책을 보다 보면 종이책과 듣기 책이 그리워질 것이고 종이책만 보다 보면 전자책과 듣기 책을 찾게 될 것이다.

호기심이 만드는 파생 독서

> 모든 인생에 대한 호기심이
> 위대한 창조자들의 비밀이라고 생각한다.
>
> – 광고계의 거장, 레오 버넷(1891~1971)

　　독서가 취미인 내게 사람들이 자주 하는 질문이 있다. "어떤 책을 읽어야 하나요?", "책 추천 좀 해주세요." 그러나 나는 앞서 읽을만한 책을 추천하지 않는다고 계속해서 말해왔다. 누군가에게 책을 추천해 줬다 긍정적인 결과를 거의 보지 못했기 때문이다. 사람들이 고민하는 다음 책은 마지막으로 읽었던 책에서 안내해준다. 그것을 찾지 못하는 사람들이 종종 있는데 파생 독서를 하는 방법을 모르기 때문일 것이다. 또 다른 이유는 책을 제대로 읽지 않았다고 볼 수밖에 없다. 파생이라는 것은 어떤 근원으로부터 갈려 나와 생기는 걸 말한다. 예를 들어 철학책 A를 읽었다고 가정해보자. 철학책에서 빠질 수 없는 플라톤의 이야기가 나왔다. A라는 책에서 플라톤 이야기가 몇 번이고 언급됐다면 다음 책은 플라톤의 책을 읽어보는 것이다. 플라톤의 〈국가〉, 〈법률〉, 〈파이돈〉, 〈메논〉, 〈프로타고라스〉 등 읽을 책이 많다. 이러한 책을 읽어야겠다고 마음을 먹었으나 책이 다소 어렵게 느껴질 수도 있다. 다음 읽고 싶은 책이 난도가 있는 편이라 파생 독서를 하기가 어렵다면 쉬운 책으로 읽어야 한다. 바로 예습을 하는 것이다. 이럴 때 10대들을 위한 책을 읽는 것이다. 10대들을 위한 조금은 쉬운 책으로 플라톤에 관한 내용을 독서하면 된다. 또 다르게 B라는 자기계발서를 읽었다고 가정해보자. B라는 자기계발서를 심리학이라고 했을 때 다음 책은 심리학 관련 다른 책을 읽으면 된다. B라는 심리학 자기계발서 책을 읽고 나의 문제점을 발견했을 수 있다. 예로 대인관계 문제가 내게 있다는 것을 알게 되면 대인관계에 관한 책을 읽자. 내가 탈진이라는 사실을 B라는 책을 통해 깨달았다면 다음 책은 탈진 해결 방법을 제시해주는 책을 읽는 것이다. 책은 굉장히 다양하고 무수하다. 이것을 나는 파생 독서라고 한다. 파생 독서는 처음 걸음마를 하듯 첫 책을 읽으면 다음 책은 줄줄이 나오게 되어 있다. 어렸을 때 브레인스토밍을 그림으로 그려본 적이 있을 것이다. 나무를 그려서 시작하는데 나무 몸통을 그리고 나무줄기로 계속해서 이어지는 생각들을 적어 나열해가는 방식이다. 평소에 내가 무슨 생각으로 그 책을 읽었느냐에 따라 관심사가 저절로 생겨날 것이다. 이런 생각을 바탕으로 파생 독서를 하면 그 분야에서 생각은 점점 깊어질 것이다. 읽을수록 호기심은 커진다. 호기심으로 파생 독서를 시작하는 것이 가장 오랫동안 여러 방면으로 독서를 할 수 있다. 파생 독서를 하는 이유가 이것이다. 내가 가진 호기심으로 인해 한 권의 책을 읽었고 그다음 책, 그 다다음 책도 연관된 책을 읽을 확률이 높아진다. 읽을수록 증폭되는 호기심은 끝이 없어 계속 독서를 하게 만든다. 이것은 우리의 독서 습관을 만드는 방법에도 도움이 된다. 파생 독서는 가지치기라고도 말한다. 가지치기를 많이 해줄수록 열매 나무는 더욱 많은 열매를 맺는다. 독서 가지치기도 마찬가지다. 파생 독서를 주도적으로 하다 보면 더 높은 단계의 독서가가 될 수 있다. 한 분야의 전문가가 되기 위해서도 파생 독서가 큰 도움이 된다. 부동산을 주제로 공부해보자는 생각을 했었다. 첫 책은 서점에 가서 신간 매대에 진열된 책을 한 권 골라 읽었다. 처음 읽는 부동산 책은 너무나 어려웠다. 한 문장 한 문장을 곱씹어가며 몇 주 만에 한 권의 책을 모두 읽었다. 다음 책 역시 부동산 관련된 다른 책을 읽어야지 생각했었는데 첫 책을 읽고 나니 다음 책은 부동산 경매에 관한 관심이 새로 생겨났다. 경매는 생각도 해본 적 없었으나 첫 책이 내게 알려주었다. 부동산 경매를 주제로 공부해보라고 말이다. 다다음 책을 고민할 필요가 없다. 첫 책을 읽고 나면 다음 책은 첫 번째 책이 알려준다. 전문가는 노력만으로 되는 것이 아니다. 절로 만들어지는 것이 천재라는 말도 있지 않은가.

부동산 관련 책을 읽었던 내 경험 이야기로 다시 돌아가 보자. 파생 독서로 부동산 분야에 관해 3권의 책을 읽었다. 첫 번째는 간단한 지식과 정보들을 얻을 수 있는 단계다. 나는 아무것도 모르는 상태에서 부동산 관련 책을 읽었다. 내가 첫 책에서 얻은 것은 기본적인 부동산 용어들과 우리나라 부동산 경제 시장의 전체적인 흐름이었다. '아, 이런 식으로 흘러가고 있구나.', '아, 이런 용어를 쓰기도 하는구나.' 정도의 깨달음을 얻었다. 두 번째 경매 책을 읽었을 때는 경매란 무엇인지 부동산 경매, 그리고 우리나라 부동산 경매 경제 시장의 흐름을 알 수 있었다. 두 번째 책은 경매에 관한 책이었지만 부동산이라는 큰 틀을 벗어나지 않았기 때문에 비슷한 내용을 읽을 수 있었다. 두 번째는 첫 책에서 얻었던 기본 지식과 용어들을 바탕으로 나의 의견이 조금씩 생겨나기 시작했다. 그리고 세 번째 책에서는 내가 얻은 지식과 다른 사람들의 지식을 공유하기 시작했다. 나는 한 권의 책은 한 사람을 만나는 것과 같다고 계속해서 말하고 있다. 다른 사람과의 지식을 공유하기 시작했다는 것은 부동산을 주제로 쓴 책을 여러 권 읽으면서 내가 가진 지식과 정보를 비교 분석했다는 뜻이다. 한 작가가 쓴 여러 권의 부동산 책을 읽으면서도 내 의견과 비교했다. 파생 독서에는 다음 책이 꼭 다른 책일 필요는 없다. 내가 가장 좋아하는 김진명 작가의 책은 나오는 족족 모두 읽어본다. 김진명 작가의 모든 책을 읽고 나면 김진명 작가가 좋아할 만한 내용의 책을 찾아 읽어보기도 한다. 이것은 책의 내용만이 내게 파생 독서를 알려주는 것이 아니라 책을 쓰는 작가가 내게 파생 독서를 하게끔 도와주는 것이다.

나는 전문가가 되기 위해서는 파생 독서를 해야 한다고 말했다. 김진명 작가는 대한민국의 유명한 소설가인데 그의 소설 속에는 역사에 관한 내용을 많이 다룬다. 그렇다면 김진명 작가는 소설에 관한 책도 많이 접해보지 않았을까? 왜냐하면, 전문가가 되어야 글을 쓸 수 있기 때문이다. 나는 이 책을 쓰기 위해 수백 권의 독서법 관련된 책을 읽었다. 전문가가 되기 위해서였다. 그러나 어떤 책을 읽어야 할까 한순간도 고민한 적은 없다. 다음 책은 전에 읽은 책이 알려주기 때문이었다. 당신도 한 분야의 전문가가 되고 싶은가? 한 분야의 고수가 되고 싶다면, 학자와 같은 지식과 정보를 얻어 삶이 더 편안해지기를 바란다면 지금 당장 반드시 파생 독서를 시작해야 할 것이다. 한 분야에 책을 딱 100권만 읽어보아라. 전문가 수준의 정보와 지식을 전혀 얻지 못했다면 당신은 올바르지 못한 독서를 했거나 잘못된 파생 독서를 했을 것이다.

어떻게 나를 성장시키는가

> 그대의 돈을 책을 사는데 써라.
> 그 대신에 황금과 지성을 얻을 것이다.
>
> – 임마누엘

책을 읽으면 나를 알게 되고 나를 알게 되면 남을 알게 되어 이해력과 공감 능력 역시 좋아진다는 것에 백 퍼센트 공감한다. 책을 읽는 것은 한 사람을 만나는 것과 같아서 간접적인 영향도 많이 받는다. 얼굴도 모르는 사람을 책으로 만나 경청하는 능력이 생기고 생각의 그릇이 커지면 어려운 것을 조금이나마 사소하게 생각하게 해주는 힘도 생긴다. 책 읽는 사람이라는 이미지 하나만으로 누군가에게는 내가 좋은 사람이 되기도 하는 긍정적 효과도 경험했다. 하지만 지나친 강요로 인해 폐해가 드러나기 시작했다. 모든 책이 나를 이렇게 만든다고 생각하지 않는다. 읽는 족족 내 것이 되지 않고 나를 바뀌게 하지 않는다. 습관을 만들기란 쉬운 일이 아니다. 더군다나 해본 적도 없는 독서를 내 습관으로 만든다는 건 생각만으로 지친다고 말할지 모른다. 그러나 확실하게 말할 수 있는 것은 독서를 시작하고 습관으로 만들기만 한다면 그 이후부터 나 자신의 성장은 알아서 된다. 정확한 이유도 모른 채 내가 변한다. 책을 읽으면 세상이 바뀐다. 세상이 바뀐다는 것이 사회가 변하고 정말 세상 모든 것이 변한다는 말이 아니다. 내가 변한다. 내가 변하면 늘 똑같아 보였던 세상은 달라 보이기 마련이다. 무엇이든 대가가 있다. 맹자는 말했다. "하늘이 장차 어떤 사람에게 큰 임무를 맡기려할 때는 반드시 먼저 그 마음과 뜻을 고통스럽게 하고 그의 힘줄과 뼈를 수고롭게 하고, 육신을 굶주리고 궁핍하게 하며, 그가 하는 일을 뜻에 어긋나게 만들어서 무서운 역경에 빠뜨린다. 그렇게 함으로써 그가 강한 인내력을 가지고 능력을 키워서 지금껏 할 수 없던 큰 임무를 맡게 하려는 것이다." 내가 성장하기 위한 수단으로 가장 빠르고 현명한 방법은 독서다. 그 험난한 길을 가는데 어찌 급하게만 생각할 수 있을까. 역사상 가장 영향력 있는 영국의 극작가이자 시인이었던 윌리엄 셰익스피어도 말했다.

"험한 언덕을 오르려면 처음에는 서서히 걸어야 한다."라고. 우리는 우리가 무엇을 읽는지, 얼마나 읽는지, 어떻게 읽는지에 따라 성장한다. 책의 가치는 식사 한 끼 정도의 가격이지만 이 가치는 평생 내가 안고 살아갈 수 있을 정도의 가치가 될지도 모른다. 책의 가치는 내가 어떻게 읽고 어떻게 사고하는가에 따라 달라진다. 나 스스로 성장을 거부하고 싶은 사람은 없을 것이다.

한국 사람은 자기계발에 대해 굉장히 집착한다. 오후 6시에 회사를 퇴근하고 저녁 식사를 거른 채 영어학원으로 가 수업을 듣는다. 부지런한 한국인들은 새벽 4시 반에 일어나 아침 6시 자격증 수업을 듣고 8시까지 회사에 출근하는 종족이다. 이토록 자기계발에 힘쓰는 사람들은 아마 한국이 유일하지 않을까 싶다. 이처럼 우리는 자기 성장을 꿈꾼다. 더 나은 나를 기대하고 더 성장하는 나를 바란다. 그러나 최소한의 돈과 시간을 지불하고 최대한의 성장을 할 수 있는 것은 단연 책이다. 나는 투자회사에 다닐 때 아무것도 모르고 입사했던 때부터 퇴사할 때까지 책의 도움을 받았다. 물론 밤낮이고 주말이고 회사에 갇혀 살아야 했기 때문에 학원을 갈 수 있는 상황이 아니었다. 나는 경제를 책으로 배웠고 투자를 책으로 배웠다. 대인기피증이 심각했던 나는 대인관계를 조금씩 풀어나갈 방법 또한 책으로 배웠다. 결과는 성공적이었다고 생각한다. 회사 상사들에게 인정받고 똑똑하고 아는 것이 많은 사람이라는 이미지를 얻게 되었으며 업무에서도 늘 좋은 성과를 얻었다. 결과는 성공적이라고 볼 수 있지 않을까? 후임들은 나를 잘 따라주었고 늘 내게 질문했다. 내가 대답할 수 없는 일이 생기지 않도록 늘 긴장했고 항상 책을 손에 달고 살았다. 책 한 권 한 권을 읽는 데에 시간이 많이 소요될 것으로 생각하지만 학원에 다녔다면 더 많은 시간을 빼앗겼을 것이다. 그리고 책을 통해 얻는 배움보다 짧은 배움을 얻었을 것이다. 학원 강사로 근무해 본바 책으로 배우는 것은 당장 눈앞에 얻는 것이 없어 보이지만 긴 시간을 놓고 보면 학원에서 얻는 배움보다 책으로 얻는 배움은 깊이가 남다르다. 학원에서는 시험을 위주로 가르치기 때문에 깊이가 책으로 배우는 것보다는 덜하다. 책과 공부는 떼려야 뗄 수 없는 관계다. 독서를 잘한다면 공부도 잘할 수밖에 없다. 나를 성장시키기 위해서는 독서가 최고라고 당당하게 말할 수 있다. 독서는 또한 재능을 계발할 기회를 만들어 준다. 독서가 나를 성장시킨다는 말에 적극적으로 동의하는데 물론 그 성장이 어디까지인지, 어느 정도의 속도인지를 짚고 넘어가고자 한다.

나는 평균만 읽어도 충분하다고 계속해서 앞서 말해왔다. 1년에 수백 권씩 수천 권씩 읽을 필요가 전혀 없다. 1년 1권만을 읽어도 정독해서 읽는다면 그리고 그 한 권을 두 번 읽기, 세 번 읽기를 한다면 더욱 깊은 공부가 된다. 나는 일상생활이 힘들 정도의 우울한 시기가 있었다. 밥을 한 숟갈 떠먹기가 힘든 시기가 있었다. 그때마다 책을 읽었다. 밥을 먹고 사람을 만나 말 한마디를 꺼낼 힘을 책에서 얻었다. 실제로 지금의 나는 그동안 내가 읽은 책들로 만들어진 것이다. 책이 나를 그렇게 성장시켰고 책이 나를 키웠다. 한 걸음 한 걸음 걸음마를 배우는 아이처럼 책을 읽고 그것을 행동으로 옮겼다. 가고 싶은 곳이 있다면 비행기를 탈지 지하철을 탈지도 책에서 배웠다. 나는 물어볼 곳이 없어 오직 책이라는 사람에게 물어볼 수 있었다. 모든 답을 책에서 얻었다. 지금의 나를 만든 것은 책이었다. 자, 그렇다면 책을 읽는 행위가 나를 성장시킨다는 사실은 이제 어느 정도 이해했을 것으로 생각한다. 책이라는 한 블록은 작을 수 있다. 그러나 그 속에 세상은 넓고 무한하다. 지금의 나보다 더 나은 나를 만들고 싶다면 책을 읽어야 한다. 내가 이 책에서 계속해서 이야기했던 것은 책은 한 사람을 만나는 것과 같다는 것이었다. 사람은 대인 관계 속에서 성장한다. 사회에서 배우고 나를 객관적으로 바라볼 수 있는 안목이 생기며 옳고 그름의 기준이라는 것이 생긴다. 그러다 보면 나의 목적이 생기고 꿈이 생긴다. 이 모든 것을 가능하게 하는 것이 독서다. 어떻게 나를 빠르고 정확하게, 내면 깊이에서부터 성장시킬 것인가? 지금 당장 독서를 시작하라. 이보다 좋은 방법은 세상에 없다. 만약 있다고 생각한다면 그것을 행하라. 그러나 당신은 절대 독서보다 좋은 것을 찾을 수 없을 것이다.

어휘력 하나로 주목받는 사회

> 어휘를 늘리는 것은
> 다양한 무기를 손에 쥐는 것이다.
>
> – 〈지성만이 무기다〉 시라토리 하루히코
> (비즈니스북스, 김해용 역, 2017)

　　세상은 내가 알고 있는 딱 그만큼의 어휘만큼만 보인다는 말을 들어본 적 있는가? 어휘력이라는 것은 어휘를 풍부하게 구사할 수 있는 능력을 말한다. 어떤 어휘를 어떻게 어떤 상황에서 사용하느냐에 따라 대화가 달라지는 것이 어휘력이다. 우리는 어휘의 선택을 상황에 맞게 잘 쓸 수 있는 능력이 있어야 한다. 이런 우리의 어휘력은 독서에서부터 시작된다. 그렇다면 어휘력을 향상했을 때 좋은 점은 무엇이 있을까 더 자세히 알아보자. 어휘력이 풍부한 사람은 똑똑하고 지적인 이미지를 준다. 그렇다고 해서 똑똑하고 지적인 이미지를 위해 어휘력을 향상해야 한다고 말하고 싶지 않다. 그런 이미지는 없어도 된다. 이런 이미지를 만들기 위해 노력하지 않아도 독서만 하면 저절로 따라오게 되어있다.

나는 수많은 책을 읽은 사람이다. 자랑하는 것은 아니지만 말을 하는 걸 들어보면 책을 많이 읽은 사람 같다는 이야기를 수없이 들어왔다. 책을 많이 읽는 사람은 정말 머리가 똑똑하거나 그런 이미지가 아니라 책을 읽지 않은 사람들이 구사할 수 없는 어휘를 선택하며 책을 많이 읽는 사람만이 가지는 분위기가 있다. 이는 대화를 조금만 해봐도 바로 알 수 있는 사실이다. 어휘라는 것은 내가 알고 있는 만큼만 느끼며 이해하고 그 만큼만의 생각을 할 수 있다. 내가 얼마만큼의 어휘를 알고 있느냐에 따라 의사 전달에 영향을 끼친다. 내가 알고 있는 어휘력의 한계는 나의 세상의 한계라고 볼 수 있다. 표현의 한계가 생기고 생각하는 것에 제한이 생기기 때문이다. 특히나 한글은 더 그렇다. 한글은 유의어, 반의어, 상의어, 하의어, 다의어, 동음이의어 등 수많은 단어의 의미 관계가 있다. 또 현재 청소년들의 학교 시험이 점점 객관식보다 서술형과 논술형으로 많이 바뀌는 추세인데 여기서 한 줄을 쓰느냐 세 줄을 쓰느냐는 내가 알고 있는 어휘력만큼 달라진다. 누군가를 설득하고 논리적으로 대화를 나누기 위해서는 다른 어떤 것보다도 어휘력을 기르는 것이 첫 번째다. 우리는 사회생활을 하면서 논리적으로 행동해야 하고 생각해야 하며 논리적인 대화를 나눠야 할 상황이 많이 펼쳐진다. 예를 들어 한 상황에 놓여 있다. 우리는 오직 대화로만 그 상황을 상대방과 풀어나가려고 한다. 논리적으로 설득을 해야 하는데 그러지 못하게 되면 그저 고집을 부리는 것처럼 보일 수밖에 없다. NO라는 사실에 대해 반박하고 싶은데 논리가 뒷받침되지 않고 이야기하는 것은 그저 우기는 것과 다를 바가 없다. 사람마다 다양한 어휘를 구사한다. 누군가는 '참는다'라는 말을 쓰지만, 또 다른 누군가는 이를 '견딘다'라는 단어를 선택할 수도 있다. '세수'를 '세안'이나 '세면'이라는 단어를 쓸 수도 있고 누군가의 '기쁨'이 누군가에겐 '쾌락'이나 '환희'라는 표현으로도 쓰일 것이다. 이에 우리는 책의 도움을 받아야 한다. 사람은 일상 대화에서 어휘력을 만들기 시작해 독서로 높은 어휘력을 구사할 수 있도록 완성한다. 그렇다면 왜 책이어야 할까? 저자는 한 권의 책을 쓰기까지 수백 권, 수천 권의 책을 읽고 사전을 찾는다. 나역시 '더 나은 단어를 선택할 수 없을까?' 하는 생각에 국어사전을 집에 갖춰두었다. 여러 권의 책을 읽으면서 다양한 저자들의 어휘력을 내 것으로 만들 수 있는 것이 우리가 독서를 해야하는 가장 큰 이유이다. 우리에게 어려운 책과 쉬운 책으로 구분이 되는 것도 어휘력 때문이라고 볼 수 있다. 어휘력이 부족하면 책의 전체 내용을 이해하는 데 어려움을 겪기도 한다. 그래서 '아, 이 책은 내가 읽기에 어렵다.'라고 생각할 수도 있다. 성인이 어린이 동화책을 읽는다고 생각해보자. 같은 단어들이 계속 나오고 단문으로만 되어있어 우리가 읽기에 너무 쉬운 책이라 흥미를 느끼기 쉽지 않다. 또 다른 예를 들어보겠다. 우리가 소설을 읽는다고 했을 때를 가정해보자. '소년이 콩 나무를 타고 하늘로 올라갔다.'라는 표현과 '한 소년은 하늘을 찌를 듯한 높이의 크고 튼튼한 콩 나무를 타고 하늘 끝까지 엉금엉금 천천히 기어오르고 있었다.'라는 표현 중 어느 것이 더 나의 상상력을 자극하는가? 더 다양하고 구체적인 어휘를 사용할수록 당신의 상상력은 더욱더 자극될 것이다. 더 나아가 개인적으로는 한 사람이 가지고 있는 어휘의 범위가 그 사람의 성향이나 가치관을 만든다고도 생각한다. 콩 나무를 타는 소년을 상상했을 때 우리는 글을 이미지로 실현하기 위해 머릿속에 이미지를 그리기 바쁠 것이다. 우리는 어떤 어휘를 받아들이느냐에 따라 이미지 실현 본능에 영향을 받는다. 책 〈공부머리 독서법〉을 쓴 최승필 저자는 이렇게 말했다. "아이의 성적은 결국 아이의 공부 머리, 즉 아이의 언어능력에 맞춰 제자리를 찾아갑니다. 제아무리 많은 교과 지식을 습득해도, 제아무리 많은 선행학습을 해도 언어능력이 낮은 아이는 결국 성적이 떨어집니다."

공부라는 것에도 영향을 주는 것이 기본적으로 우리가 가진 어휘력이다. 어휘는 정말 많은 곳에 영향을 미친다. 내 경험으로는 나는 고등학교 때 엉덩이 힘으로 공부하는 스타일은 아니었다. 그중에서도 수업시간에 딴짓을 많이 했는데 바로 독서였다. 나는 수업시간에도 쉬는 시간에도 책을 손에 놓지 않는 아이였다. 내가 고등학교 때 주로 읽었던 책은 다름 아닌 바로 교과서였다. 특히 그중에서도 국어책을 좋아했다. 국어 교과서에는 다양한 수필, 시, 소설 등이 나오는 것이 시간 가는 줄 모르게 했다. 진도가 나가지 않은 부분도 몇 번이고 계속해서 읽었다. 그래서인지 나는 국어 성적이 늘 좋았다. 다음으로 내가 좋아했던 교과서는 국사였다. 중학교 때는 글이 많은 교과서는 처음부터 끝까지 진도와 상관없이 읽기만 했다. 그리고 다독했다. 시험 기간에 따로 공부라는 것을 전혀 하지 않았던 내가 중간 이상의 성적을 유지할 수 있었던 것은 오직 독서였다. 그저 교과서를 읽는 그것밖에 하지 않았다. 중학교 때는 선생님들의 골칫덩이였던 나는 반성문을 쓸 일이 많았는데 반성문을 쓸 때마다 교장 선생님까지 나를 칭찬해주셨던 기억이 있다. 바로 독서 때문이었다. 지금 시간이 많이 지난 오늘에서야 생각해보지만 나는 독서로 나이에 맞지 않은 어휘력을 구사하고 있었다. 중학교 때는 시쓰기 대회에서 상을 받은 적도 있었다. 아무것도 하지 않고 그저 내 감정을 글로 풀었을 뿐이었다. 현재는 잃어버렸지만, 상을 받은 나는 그 시를 액자로 선물 받았다. 다시 얘기하지만 나는 그저 읽기만 했을 뿐이다. 책을 많이 읽으면 어휘력 향상에 도움을 주는 사실은 아마 잘 알고 있을 것이다. 그리고 높은 어휘력을 구사할수록 나의 성향과 가치관이 만들어진다. 요즘 초등학생 자녀들을 둔 엄마들은 자녀들 독서에 더욱더 노력을 쏟는 것도 어휘력이 그만큼 중요한 시대라는 것을 누구보다 잘 알고 있기 때문이 아닐까? 어휘는 그 사람의 품격이라는 말도 하지 않는가. 오늘부터 우리는 조금 더 낯선 책을 찾아 독서를 시작해보자. 현재는 어휘력 하나로 정말 많은 것들을 누릴 수 있는 사회가 됐다. 더 많은 기회와 더 나은 나 자신이 되기 위해 지금 당장 독서를 시작해 더 높은 어휘력을 구사할 수 있는 능력을 키우자.

스마트폰 대신 책

> "이전보다 더 많은 정보를 알게 되었음에도
> 아는 것이 적어졌다. 디지털 삶의 양식은
> 객관적 지식 습득을 더 어렵게 만들었고,
> 더 수동적이고 순종적인 지식 습득 방식을
> 조장하고 있다."
>
> – 〈인간 인터넷〉(마이클 린치 저, 이충호 역, 사회평론, 2016)

하루 시간 중 스마트폰과 컴퓨터, TV와 거리를 두는 시간은 얼마나 될까? 아침에 눈을 뜨자마자 잠자리에 들기 직전까지 우리는 스마트폰과 함께 살고 있다. 인터넷이 가능해지고 스마트폰이 생겨나면서부터 우리는 어떻게 달라졌을까? 인터넷은 우리에게 많은 도움을 준다. 빠르게 정보와 지식을 전달해주고 원하는 것을 찾는 시간까지 단축하게 하므로 내 시간을 아껴주는 셈이다. 그 대가로 우리는 집중하는 힘, 즉 몰입과 생각하는 힘을 잃어가고 있다. 단지 독서를 해야 한다는 의지만으로는 책 읽기는 어렵다. 누군가는 의지의 문제라고 하지만 우리의 의지를 나약하게 만드는 외부적인 요소들이 너무나 많다. 게임, 유튜브, 소셜 네트워크, TV 시청, 영화 등 이 모두는 우리의 집중력을 방해한다. 조금만 시간이 남아도 스마트폰부터 쳐다보는 우리가 어떻게 의지의 문제로만 독서를 할 수 있을까. 현대 사회는 재미있게 놀 수 있는 것들이 많다. 가고 싶은 곳을 더 쉽게 갈 수 있게 됐고 하고 싶은 것을 더 쉽게 할 수 있으며, 갖고 싶은 것을 조금 더 저렴하게 얻을 방법까지. 그럴수록 사람들의 손에는 스마트폰이 쥐어진다.

하루 2시간 이상 스마트폰만 봤을 때 지능 향상에 역효과를 낸다는 연구도 있다. 그러나 대한민국은 이미 스마트폰 보유율이 90%인 나라이며 18개의 선진국 중 단연 대한민국이 1위이다. 연세대학교 바른ICT연구소가 조사한 2016년 스마트폰 사용통계 보고서에 따르면 청소년은 하루 평균 5시간 스마트폰을 사용한다는 결과가 나왔다. 이에 따라 과의존 심각이라는 빨간 불이 켜졌다. 누군가는 스마트폰이 생활이라고 말할 수 있겠지만 확실히 말하면 우리는 중독에 빠져 있다. 한 번이라도 스마트폰, 인터넷 대신 왜 책이어야 하는가에 대해 생각해 본 적 있는가? 미국 소아과학회는 성인의 경우 하루 2시간 이상 스크린에 노출되지 않도록 했다. 그 이상 노출이 된다면 생활 습관이 자신의 지능 발달에 악영향을 미치게 된다고 한다. 우리는 이미 그 시간을 두 배 이상까지 넘어섰다. 한 설문 조사에서는 10명 중 4명 정도가 '아무 이유 없이' 핸드폰을 열어 보고, 3명 중 1명은 스마트폰과 자신을 5m 이상 떨어뜨리지 않으며 전원조차 끄지 않는 등 병적 집착 증상을 보이는 것으로 나타났다.(다시 시작하는 독서 참고)

책 〈로그아웃에 도전한 우리의 겨울〉(안진환, 박아람 역, 민음인, 2012)의 저자 수잔 모샤트는 스마트폰, TV, 게임, 컴퓨터 등에 중독이었던 가족이 6개월 동안 집 안의 모든 전자 기기의 전원을 끈 채 살기로 했다. 결과는 놀라웠다. 수잔 모샤트의 세 아이는 새로운 취미와 꿈을 얻게 되었는데 그중에서도 부모는 아이들이 인간관계를 재설정하는 과정까지 지켜볼 수 있게 되었다고 한다. 왜 우리는 이토록 스마트폰에 매달리게 되었을까? 이유는 간단하다. 재미있기 때문이다. 사람들은 계속해서 재미있고 쉽고 간편하고 빠른 것을 찾는다. 이러한 우리의 욕구에 스마트폰만큼 좋은 것은 없다고 생각할 수도 있다. 쉽고 간편한 것을 얻은 대가로 우리는 생각할 힘과 기회를 놓치며 살고 있다. 또한, 뇌의 기억력을 사용하지 않으며 창조적인 생각을 하는 방법까지 잃었다. 우리는 독서를 하기 전 가장 먼저 해야 할 것은 바로 언플러그드 unplugged다. 2010년 메릴랜드대학에서 대학생

200여 명을 대상으로 '언플러그드'라는 실험을 진행해 연구했는데 인터넷 이용자 중 5~20%는 인터넷 중독자였다고 한다. 이들은 코카인이나 알코올 중독에 걸렸을 때와 같은 부위의 대뇌 회백질 손상이 드러났다고 한다. 인터넷은 그만큼 마약과 같다. 우리는 지하철 안에서도 마약을 하고 아침에 눈을 뜨자마자 마약을 하면서 잠들기 직전까지 마약에 빠져 있다. 심지어 운전 중에도 마약을 하는 사회가 되어버렸다. 독서는 생각하는 힘을 만들어 줄 뿐 아니라 창조적으로 생각하는 방식까지 알려준다. 우리는 이러한 외부적인 요소들을 이겨내고 온전히 혼자 있을 수 있는 시간을 만들어야 한다. 우리는 혼자서 책을 읽고 사색하는 시간이 필요하다. 이러한 시간이 심각하게 메말라 있다. 공병호 작가는 "혼자 있는 시간을 잘 보낼 수 있는 능력이 한 사람이 가진 경쟁력"이라는 말을 했다.

우리가 독서에 집중하지 못하는 이유는 첫 번째가 스마트폰이 되지만 두 번째는 시간이 없어서라고 말한다. 시간이 없을 수밖에 없다. 스마트폰과 인터넷, TV, 게임 할 시간이 부족한데 어떻게 독서할 시간이 있겠는가. 그러나 이는 잘못된 생각이다. 우선순위가 틀렸다. 하고 싶은 것을 다 하면서 우리는 책을 잘 읽고 싶다는 말을 한다. 너무나도 모순적이지 않은가. 그렇게 힘들게 언플러그드 unplugged를 하고 막상 책을 펼쳤는데 집중이 되지 않는다. 그 이유는 무엇일까? 우리는 이미 스마트폰 읽기에 적응되어 버렸다. 집중할 시간이 점점 줄어들면서 몰입하는 방법을 상실해 버린 것이다. 〈생각하지 않는 사람들〉(최지향 역, 청림출판, 2011)의 저자 니콜라스 카는 우리가 집중하지 못하는 이유는 모두 '인터넷 때문'이라 말한다. 우리는 이미 스마트폰에 적응이 되어 산만한 뇌로 바뀌어 버린 것이다. 전자기기를 가까이하면 할수록 집중하는 능력을 잃어버린다. 정보 과잉 시대라는 말은 인터넷 때문이다. 출처가 불분명한 정보가 흘러넘쳐 우리는 수동적으로 얻기만 한다. 생각하지 않아도 쉽게 얻을 수 있는 것들이 넘쳐나다 보니 정작 글을 읽어도 인터넷과 다른 말들로 가득 차 있어 재미가 없게 느껴지는 것이다. 이런 시대에 살고 있다 보니 우리는 책 읽는 사람들을 더욱 찾아보기 힘들다. 그러나 책을 읽지 않으면 생각하는 힘을 만들어낼 수 없다. 스마트폰 치매에 걸리지 않으려면 독서를 해야 한다. 누군가는 전자책으로 책을 읽는다고 말하지만 우리는 왜 종이책이어야 하는가에 대해서도 알고 있어야 한다. 덴마크 출신이자 웹 사용성 전문가인 제이콥 닐슨은 인터넷 사용자 232명의 시선을 추적하는 실험을 했다. 종이책이 아닌 인터넷으로 글을 읽으면 사람들의 눈동자가 어떻게 움직이는가를 파악하기 위해서였다. 그러나 책을 읽을 때와는 완전히 다른 시선의 움직임이 있었다고 한다. 종이책은 왼

쪽에서 오른쪽으로 한 줄 한 줄 시선이 움직이는 데 반해, 웹으로 읽는 사람은 알파벳 'F'자 형태로 글을 읽었다고 한다. 처음 세 줄은 읽는데 그다음부터는 중간중간 뛰어넘으며 읽어 내려간 것이다. 더욱 놀라운 것들은 그들은 '다 읽었다.'라고 생각했다고 한다. 물론 웹에서 책 읽기를 하는 사람도 있다. 그러나 스마트폰으로 읽는 것은 기억에 오래 남지 않는다. 과학적으로 설명하지 않아도 나는 직접 경험했다. 이상하게 종이책으로 가볍게 읽어도 기억에 남으면서 전자책은 아무리 많이 읽어도 기억에 오래 남아 있질 않았다. 그래서 전자책으로 읽으며 밑줄을 그었던 것을 볼 때마다 '이런 부분이 있었나?'라는 생각이 들 때도 있다. 인터넷과 스마트폰은 우리의 집중력을 빼앗아 간다. 즉, 책과 가까워지기 위해선 인터넷을 멀리해야 한다. 이 정도면 아마 지금 이 글을 읽고 있는 당신도 느끼는 바가 있을 것이다. 스마트폰으로 인터넷을 하며 대뇌를 손상시킬 것인가, 뇌를 발달시키는 독서를 할 것인가는 당신의 선택에 달렸다.

제4장
그럼에도 책 읽기

여러 권을 동시에
읽어야 하는 이유

> 단 한 권의 책밖에 읽은 적이 없는 사람을 경계하라.
>
> – 디즈레일리

     이번 부분에서는 여러 권의 책을 동시에 읽는 방법을 소개하고자 한다. 그러자면 왜 여러 권을 동시에 읽어야 하는가부터 짚고 넘어가야 할 것이다. 가장 먼저 여러 권을 동시에 읽었을 때 파급효과는 설명할 수 없을 만큼 큰 상승효과를 가져다준다. 또한, 많은 책을 빨리 읽어내고 싶은 사람이라면 1년에 1,000권 읽기 목표를 혹시나 가진 분들에게도 도움이 된다. 여러 권을 동시에 읽으면 더 많은 책을 읽어낼 수 있다. 나는 권 수에 집착해서 여러 권의 책을 번갈아 가며 읽기 시작한 것은 아니었다. 그러나 여러 권을 동시에 읽다 보니 더 많은 책을 읽어나갈 수 있는 경험을 했다. 나는 여러 권의 책을 번갈아 가며 읽는데 여기서 오해하지 않아야 하는 것은 목표 권 수에만 집착해서 동시에 여러 권을 읽으라는 말이 아니다. 여러 권을 동시에 읽어야 하는 이유는 많은 책을 읽어내기 위함이 아니라 이는 균형 있는 독서를 하기 위해서다. 나는 평균 2~3권의 책을 놓고 번갈아 가며 읽는데 최대 많이 읽었을 때 10권 여 정도를 동시에 읽은 적이 있었다. 이때는 서로 다른 분야의 책들을 읽는 것이 가장 좋다. 철학책을 읽다가 조금 지루해질 때쯤 소설책을 읽었다. 소설책을 읽다가 지루해지면 자기계발서나 수필을 읽었다. 글을 읽는 집중력이 모두 소진된 줄 알았지만 다른 분야의 책을 꺼내 다시 읽으면 또 처음 책을 읽듯 집중력이 발휘되어 다시 읽게 된다. 다른 분야의 책들을 읽으면 독서에서 더욱 큰 시너지 효과를 일으킨다. 또 다른 방법도 있다. 내가 좋아하는 분야, 내가 관심 있는 분야의 책을 읽다가도 중간중간 지루해질 때쯤이 있다. 그럴 때는 내가 좋아하진 않지만, 인문 고전을 한 권 같이 준비해 놓고 읽자. 독서는 공부와 같으므로 내가 좋아하고 즐거워하는 것만 읽을 수는 없다. 독서를 처음 시작하는 분들에게 여러 권을 동시에 읽으라는 것을 추천하고 싶지는 않다. 어느 정도 독서 습관이 자리잡혀간다는 생각이 들 때쯤 경험해보는 것이 좋다. 한 권의 책만 집중적으로 읽는 것은 깊이 있는 독서라고 생각하자. 여러 권의 책을 동시에 읽는 것은 깊이 있는 독서보다 폭넓은 독서가 가능해진다. 모두 장단점이 있다. 한 권의 책만 깊게 읽으면 폭넓은 지식을 얻을 수 없고 여러 권을 동시에 읽으면 그 책들이 서로 상승효과가 커져 넓고 다양한 지식과 지혜를 얻을 수 있다. 내가 재미없다고 느끼는 분야의 책이 있다고 하자. 예를 들어 인문 고전 책은 좋아하진 않지만 읽어야만 할 것 같은 느낌이 들 수도 있다. 그러면 이때 이 책을 읽어내기 위해 내가 좋아하는 분야의 책이나 읽기 쉬운 자기계발 책을 두 권 정도 골라 총 3권의 책을 읽는 것이다. 그렇다면 인문 고전 책을 처음부터 끝까지 읽을 수 있게 된다. 이를 직접 경험하기 전까지는 나도 처음에는 이상하게 생각했다.

플라톤의 〈국가〉라는 책을 읽어보라는 글과 말을 너무 많이 보고 들어서 한 번쯤 읽어보고 싶었다. 도서관에서 책을 빌려 책을 펴자마자 걱정이 밀려오기 시작했다. 이 어려운 것을 어떻게 읽어낼 것인가. 어렵고 모르는 단어들이 수두룩하게 빽빽했다. 한 문장씩 꾹꾹 눌러 읽어나가다 너무 답답해 독서 도중에 책을 덮고 그 전에 읽고 있던, 내가 좋아하는 김진명 작가의 〈고구려〉라는 책을 읽었다. 그리고 다시 플라톤의 〈국가〉를 읽었다. 이상하게 읽히기 시작했다. 집에 온종일 있는 경험을 해본 적 있는 가. 나는 며칠을 집 밖에 나가지 않고 집 안에만 있어서 머리가 아플 때는 창문을 열고 환기를 시킨다. 독서에도 환기가 필요하 다. 여러 권을 동시에 번갈아 가며 읽는 것을 독서 환기라고 말 하고 싶다. 더 많은 책을, 더 다양한 책을 읽기 위해 여러 권을 동시에 읽는다. 이상하게 책들은 모두 연관된 내용 같다. 소설을 읽다가 철학책을 읽어도 내용이 연관된 것처럼 느껴지는 것이다. 예를 들어 이런 것이다. 내가 회사에서 아이디어를 내야 하는 상 황이 왔을 때 여러 권의 책을 읽었다. 다양한 아이디어를 만들 어내기 위해서였다. 이상하게 여러 권의 책을 읽으면 한 권의 책 만 집중해서 읽었을 때 하지 못했던 발상이 떠오르기 시작한다. 3권을 동시에 읽었는데 그 3권의 책의 연관성은 아무것도 없다. 그런데도 새로운 아이디어가 떠오르는 것이다. 신기하지 않은가. 당신도 이런 경험을 할 수 있다. 나루케 마코토의 책 〈책, 열권 을 동시에 읽어라〉(홍성민 역, 뜨인돌, 2008)에서 이를 초병렬 독서법 이라고 소개하고 있다. 여러 권을 동시에 읽는 것에 관심이 있다 면 나루케 마코토의 책을 한 번 읽어보길 추천한다. 초병렬 독 서법이란 책 한 권을 처음부터 끝까지 완독하자는 개념이 아니 라 열 권 정도의 전혀 다른 장르의 책들을 사무실, 침실, 거실 차 안 등 자신이 자주 다니는, 손만 뻗으면 바로 볼 수 있는 곳에 책을 놓고 그때그때 원하는 정보만 발췌하듯 읽는 방법을 말한다. 나루케 마코토는 한 가지 주제만 계속해서 읽는 것보다 다양한 주제로 바꿔가면서 읽어야 뇌의 여러 부분이 활성화되고 각성화된다고 주장하고 있다. 다시 돌아가서 그렇다면 어떤 종류의 책을 읽을 것인지부터 생각해보자. 나는 10권의 책을 읽어도 모두 다른 분야의 책을 읽으라고 말한다. 자기계발, 문학, 철학, 역사, 예술, 고전, 재테크, 과학, 경영 등 장르를 가리지 않고 분야마다 한 권의 책을 고르는 것이다. 특히 읽어보고 싶지만, 엄두를 내지 못하는 책이 있다면 반드시 여러 권을 동시에 읽어보자. 술술 읽히는 경험을 하게 될 것이다. 미국의 철학자인 모티머 제롬 아들러는 〈독서의 기술〉이라는 자신의 책에서 독서를 4단계로 분류했는데 신토피킬 독서라는 말이 있다. 여기서 '신'은 함께, 동시에라는 의미가 있고 '토피킬'은 화제가 된다는 의미이다. 여러 권의 책을 동시에 읽는다는 의미인 것이다. 교육사상가인 모티머 제롬 아들러는 최고의 독서가 '신토피킬독서'라고 말하고 있다. 자연스럽게 책을 비교하면서 읽기 때문이라고 했다. 비교해가며 읽기 위해 노력할 필요 없다. 내 경험을 바탕으로 이야기하자면 비교하며 읽기는 저절로 되는 것이었다. 앞서 말한 것처럼 전혀 다른 장르의 책인데도 연관된 책같이 느껴질 것이다. 그러니 당신이 할 것은 전혀 다른 장르의 책을 3권만 찾아보자.

3권을 동시에 읽을 준비만 하면 되는 것이다. 여러 권을 동시에 읽는 것을 처음 해보는 사람이라면 장르는 내가 좋아하는 분야 1권, 좋아하진 않지만 한 번쯤 읽어보고 싶었던 책 1권, 베스트셀러나 스테디셀러 1권 이렇게 추천한다. 처음에는 3권이지만 나중에는 10권을 동시에 읽게 되는 날이 오게 될 것이다. 더 폭넓은 사고와 다양한 아이디어를 만들어 주는 병렬 독서법을 지금 당장 시작하자.

독서가 두뇌에 미치는 영향

> 두뇌의 세탁에 독서보다 좋은 것은 없다.
>
> – 도쿠토미 로카, 일본 작가

두뇌는 근육과 비슷하다고 볼 수 있다. 우리는 두뇌가 늙게끔 두지 않으려면 두뇌 운동도 꾸준히 해야 하는데 뇌 운동으로 독서만 한 것이 없다고 한다. 독서는 뇌 자체를 바꾸어버린다는 연구 결과가 쏟아져 나와 있다. 뇌가 바뀌면 생각과 감정이 변하고 생각과 감정이 변하면 세상을 바라보는 관점 역시 달라진다. 책을 읽으면 긍정적인 생각을 더 많이 하게 되면서 깊이 있는 내면의 아름다움을 가질 수 있다. 사람의 몸을 놓고 보면 뇌가 주인이기 때문에 뇌에 변화가 생겨도 몸이나 생각에 큰 변화가 온다. 독서 이외에 뇌 전체를 동시에 건드려주는 행위는 없다고 한다. 나이가 들수록 뇌도 함께 늙는다는 말이 있다. 인간의 뇌세포는 계속 줄어든다. 줄어든 뇌세포는 다시 생겨나지 않는다는 말을 들어보았을 것이다. 그러나 현재 뇌 과학 분야에서 오랜 시간 당연하다고 생각했던 것들이 틀렸음을 증명했다. 뇌기능이 나이와 함께 떨어지는 것은 맞지만 이런 경우는 뇌를 쓰지 않는 경우에만 해당한다. 하지만 뇌를 계속해서 사용하는 사람은 나이와 상관없이 젊은 뇌를 유지할 수 있다고 한다.

이러한 젊은 뇌를 유지하는 방법의 하나는 역시 책 읽기다. 뇌 대부분에 자극을 주는 방법으로는 독서가 유일하다는 연구 결과도 있다. 독서는 가장 기본적이고 효과가 좋은 두뇌 운동이다. 인간의 뇌는 1,000억 개의 '뉴런'과 100조 개의 '시냅스'로 이루어져 있다. 뉴런은 뇌의 세포 단위를 말하고 시냅스는 이 뉴런과 뉴런을 연결하는 '길'이라고 생각하면 이해가 될 것이다. 신경세포와 신경세포를 연결하는 연결 부위가 시냅스다. 뉴런과 시냅스가 모이면 하나의 연결통로가 된다. 시냅스는 뇌 회로의 기능을 책임지는 아주 중요한 부분이다. 뉴런의 개수는 거의 늘어나지 않는다. 시냅스는 외부 자극 때문에 새로 생기기도 한다. 이런 차이가 개개인의 기억력과 사고에 영향을 끼치게 되는 것이다. 독서는 이 시냅스의 개수를 만들거나 없던 길을 만들어 내어 뇌 발달에 큰 영향을 끼친다. 즉 뇌는 어떠한 특별한 경험이나 후천적인 학습으로도 매우 새롭게 만들 수 있다는 것이다. 세계적인 뇌 과학자이자 〈매일매일 두뇌 트레이닝〉(윌북willbook, 2007)의 저자 카와시마 류타 교수는 책을 많이 읽으면 상상력을 향상하는 우수한 전두전야가 많이 만들어진다고 한다. 전두전야는 지식을 상황에 맞게 끌어내 적절히 사용하는 능력을 맡고 있다. 다시 말해 전두전야를 많이 사용하고 훈련하면 머리가 좋아진다는 것이다. 카와시마 류타 교수는 뇌도 육체의 일부이기 때문에 헬스장에서 운동을 하듯 꾸준한 트레이닝으로 뇌를 바꾸어 젊어질 수 있다는 말을 했다.

책을 읽으면 마음이 안정된다는 이야기를 주변에 했을 때 지인들은 "네가 책을 좋아해서 그래."라고 이야기했지만 무언가 표현하기 힘든, 긴장이 풀어진다는 것을 느낄 수 있었다. 우울증 환자에게 약물치료 외에도 인지행동치료 중 하나로 '독서요법 치료'가 있다. 미국에서는 병원이나 도서관 협회에서도 1941년부터 신경증 치료에는 독서를 해야 한다고 정의하고 있다고 한다. 크리스토퍼 윌리엄스 교수가 우울증 진단을 받은 환자들을 대상으로 한 연구를 했는데 약 200명 정도의 환자들을 대상으로 항우울제 치료를 받는 사람들과 자기계발 책을 읽는 사람을 두 부류로 나누어 연구한 결과 자기계발 책을 읽은 사람은 항우울제 치료를 받은 사람보다 우울증 증상이 현저하게 낮아졌다는 사실을 발견했다. 4개월이 지났을 때와 1년이 지난 뒤 다시 우울증 정도를 진단했더니 역시 책을 읽은 환자들의 증세가 더욱 호전된 것으로 밝혀졌다. 우리는 독서가 좋다는 이야기를 타당한 근거가 없이 어렸을 때부터 주입식으로 교육받으며 자랐다. 초등학교 때 학교에서 독서 노트를 만들어 오직 '많이 읽은' 학생에게 상장을 주는 일이 다반사였다. 현재 초등학생인 조카에게 물어보니 학교에서 독서 노트를 의무적으로 쓰고 있다고 했는데 그때가 초등학교 4학년이었다. 그러나 5학년이 되면 독서 노트는 필수과제가 아니라고 했다. 시대가 변하면서 교육의 흐름이 많이 변하고 있지만 바뀌지 않는 것은 독서 교육이다.

국어 학원에서 논술 수업을 병행한 적이 있다. 학생 중 대다수는 책을 읽지 못하고 학원에 온다. 학원 숙제가 많아서, 바빠서, 책을 구하지 못해서 등의 이야기를 하면 학생 부모님께 전화를 드려 꼭 책을 읽을 수 있게 지도 부탁드린다고 말씀드리는데 돌아오는 대부분의 이야기는 애가 학원을 몇 개를 다니니 과제가 많고 수행평가를 해야 하는 등등 책 읽을 시간이 도저히 나지 않는데 왜 굳이 그 책을 읽어야 하냐며 짜증을 내시는 분들도 많았다. 국어 공부만 해도 부족한 시간에 논술 수업이 말이 되냐며 화를 내기도 하셨다. 부모의 독서력이 없으면 아이도 책을 읽지 않는다. 독서는 뇌를 자극하는데 가장 좋은 방법이다. 이 사실을 모르고 하는 소리다. 독서를 하지 않으면 중요성을 모를 수밖에 없다. 독서가 사람 뇌의 대부분을 동시에 건드려주고 이것이 습관이 되면 뇌 자체를 바꾸어버린다. 책 읽기를 하는 사람들이 인생이 바뀐다는 이야기를 할 수 있는 것이 바로 이 때문이다. 독서는 부작용이 없다. 책 〈책 읽는 뇌〉의 저자 메리언 울프는 독서의 중요성을 과학적으로 풀어냈는데 "인류는 책을 읽도록 태어나지 않았다."라며 "본래 산만했던 뇌, 책 안 읽으면 원시인처럼 된다."라고도 했다. 인간의 뇌는 상황에 맞게 변화하는데 책을 읽지 않으면 집중력이 떨어지고 원시인처럼 뇌가 산만해진다는 이야기를 한 것이다. 인간은 침팬지와 유전적인 차이가 0.4%밖에 되지 않는다. 그러나 인간은 문명을 통해서 사회적인 학습자로 진화했다. 이러한 진화를 촉진한 것이 문자의 존재라고 한다. 책은 정보 전달의 성공률을 높였고 독서는 인간의 사회적 학습을 촉진했다. 인간을 침팬지와 다르게 진화시킨 것은 결국 독서였다. 독서는 '문명의 엔진'이라고 할 수 있다. 서울대 장대익 교수는 책을 읽는 것은 문명의 형성에 참여하는 일이며, 진화의 도정에 함께하는 일이라고 말하며, 이것이 인간이 책을 읽어야 하는 이유라고 말했다(국회토론회 "책 읽는 대통령을 보고 싶다" 서

올대 장대익 교수 발표 참조). 책을 멀리하는 사람들이 많다. 그래서 책 읽는 사람들이 책 읽지 않는 사람들을 설득하기 위해 과학적으로 풀어내는 이야기들이 점점 많아지고 있다. 많은 사람이 독서를 하면 내 지식 함양에만 도움이 된다며 단순하게만 생각한다. 책의 힘은 그렇게 단순하지 않다. 뇌 과학에 대해 조금 더 쉽게 이해하기 위해 다양한 책과 연구 결과를 인용했지만 실제로 내가 책을 읽기 시작했을 땐 생각과 감정이 변한다는 것을 알아차릴 수 있다. 그러한 변화들을 직접 느끼게 될 것이다. 뇌 기능을 활성화하는 방법이 '독서' 하나인 것이 어쩌면 감사한 일일지도 모른다. 현재의 삶의 환기가 필요하다면 독서를 시작하자.

사람마다 세상의 크기는 다르다

> 좋은 책을 읽은 것은 지난 몇 세기에 걸쳐
> 가장 훌륭한 사람들과 대화하는 것과 같다.
>
> – 데카르트

사람마다 세상의 크기가 다른 것은 생각과 관점의 차이에 있다. 세상의 크기가 다르고 생각의 생김새가 다른 다양한 사람들이 책을 쓴다. 다른 것을 보고도 느끼는 바가 비슷할 수 있고 같은 것을 보아도 다른 것을 느낄 수도 있다. '세상을 어떻게 바라보는가?'는 제각기 다르므로 나의 세상과 남의 세상을 놓고 비교할 수는 없다. 우주는 우리가 모두 조금씩 다른 모습으로 상상하고 있는 공간인 것처럼 말이다. 직접 본 적은 없지만, 우주의 사진을 보고 나름의 상상력을 더해 우주의 바다와 우주의 하늘을 상상하는 사람도 있을 것이다. 모든 사람이 생각하는 방향, 살아온 환경이 다르다. 한 사람 한 사람의 차이가 책을 만들고 우리는 그 책을 그저 읽는 것만으로도 내 것이 될 수 있다. 누군가는 밖에서 만나지 못하는 사람을 책으로 만난다는 말을 했다. 나 역시 이 말에 격하게 공감했다. 우리는 책으로 다양한 사람을 만날 수 있다. 김주영 소설가는 "독서는 남의 인생을 살아보는 것"이라는 말을 했다. 독서는 한 사람을 만나는 일과 같다. 우리는 책으로 만나지 못하는 사람을 모두 만날 수 있다. 우리는 독서로 안중근을 만났고 칭기즈 칸을 만났고 정약용을 만났다. 또 한 권의 독서로 저자의 인생을 들여다볼 수도 있으며 조언과 다독임까지 받을 수도 있다. 사람마다 세상의 크기가 달라, 내가 안고 있는 고민이 누군가에게는 별 게 아닐 수 있다. 우리는 다른 관점으로 바라보기 위해 남들에게 묻는다. "이러한 일 때문에 힘든데 어떻게 하면 좋을까?" 어렸을 때부터 책을 가까이했던 나는 지금까지 많은 사람을 만나왔다. 힘들 때마다 내 곁에는 책이 있었고 기쁠 때도 내 곁에는 책이 있었다.

개인적인 이야기를 잠깐 해보자면 오랜 시간 할머니 손에서 자랐다. 할머니는 내가 대학생이었을 때 세상을 떠났다. 초등학교 때 아버지가 돌아가시고 그 이후 처음 맞는 사랑하는 사람의 죽음이었다. 사실 아버지의 죽음은 너무 어려서 잘 기억에 남지 않을 정도였지만 할머니를 보내야 할 때는 달랐다. 죽음이 받아들여지지 않았다. 할머니의 죽음을 이해하기 위해 노력했다. 그중 내 곁에는 당연히 책이 있었다. 영원할 것으로 생각하진 않았지만 급작스러웠던 할머니의 긴 여행을 이해할 수 없었기에 책을 찾았다. 나는 할머니가 돌아가시기 직전까지 느꼈을 외로움을 이해하기 위해 〈노년의 아름다운 삶〉(한국노년학회 편, 학지사, 2008)이라는 책을 읽었다. 할머니와 함께 한 시간을 오랜 기억에 남기고 싶어 〈존재와 시간〉(이기상 저/마르틴 하이데거 원저, 살림출판사, 2008)을 읽었다. 그리고 〈사후생: 죽음 이후의 삶의 이야기〉(엘리자베스 퀴블러 로스 저, 최준식 역, (재)대화문화아카데미, 2009)를 읽었다. 물론 책을 읽는다고 해서 사랑하는 사람의 죽음은 쉽게 받아들여지지 않는다. 하지만 위안의 대체로 좋은 선택이었다고 생각한다. 또한, 우울증으로 오랜 시간을 겪었을 때도 심리학 관련 책을 숱하게 읽고 또 읽었다. 편중된 독서를 좋아하지 않는데 그때는 심리학만 읽었다. 넓이보다 깊이 있는 깨달음을 얻고 싶었기 때문이다. 누군가는 우울증을 시간이 지나면 괜찮아지는 것이라고 했다. 또 누군가는 나 자신을 사랑하는 시간이 부족한 사람에게 신이 주는 시간이라고도 했다. 또 누군가는 선입견과 편견을 버리고 전문가의 상담을 받아보는 것을 추천하기도 했는데 또 다른 저자는 병원에 굳이 가지 않아도 된다고 했다. 나는 책이라는 다양한 사람들을 만났다. 다양한 사람들의 이야기를 통해 내 우울증의 심각성을 알 수 있었고 책의 도움으로 용기를 내고 처음 정신과 상담을 받으러 갈 수 있었다. 사람은 살아가면서 수많은 일을 겪는다. 나 역시 인간관계나 자아를 잃어버린 시간이나 슬픔 속에 허우적대던 시간이 있었다. 작은 바늘 하나가 내 피부를 쉬 없이 긁어대듯 따끔거리는 고통을 받는 것 같은 시간을 지나오기도 했다. 그럴 때마다 나는 책을 읽었다. 내 세상은 너무 답답해서 다른 사람의 세상 속으로 도망치고 싶었다. 지금 이곳에서 도망치고 싶다는 생각이 들 때마다 책을 펼쳤다. 물론 독서로 나의 모든 문제를 해결해 주는 정답을 얻을 수 있는 것은 아니다. 그러나 책은 잠깐이나마 도망칠 수 있는 공간을 만들어 주었고 나를 숨겨주었고 나를 안아주었다. 책에서 만나는 사람들은 모두가 다른 정답을 말한다. 모두가 똑같은 답만을 말한다면 우리는 다양한 독서를 할 필요도 없을 것이다. 책을 쓴 저자는 틀린 답이 아니라 그저 자신이 찾은, 자신만의 정답을 말하는 것이다.

생각은 제각기 달라서 책이 재미있다. 그저 다양한 이야기를 듣기 위해 책을 읽는다. 그러나 아주 쉽고 빠르고 넓고 깊게 간접적으로 경험을 안겨주는 것은 독서뿐이다. 독서는 우리에게 간접 경험을 가져다주는데 간접 경험은 인생을 살아가는 데서 중요하다. 책 〈행복 바이러스 안철수〉(원성현 그림, 리젬, 2009)에서 안철수는 독서를 "내가 모르는 세상이 존재한다는 사실을 깨닫게 해준다."라고 말했다. 경험에는 직접 경험과 간접 경험이 있는데 독서로 얻을 수 있는 것은 간접 경험이다. 독서로 이미 남들이 경험한 것을 우리는 쉽게 간접적으로 경험할 수 있다. 간접 경험이 중요한 이유는 직접적으로 무언가를 시작하기 전에 시행착오를 줄일 수 있는데 도움이 된다. 직접 경험과 간접 경험을 놓고 보았을 때 이 둘을 완전히 분리해서 볼 수는 없다. 예를 들어 우리는 독서로 미국 캘리포니아주 샌프란시스코에 있는 실리콘밸리를 다녀올 수 있다. 직접 다녀오진 못했지만 간접적으로 샌프란시스코의 위치, 실리콘밸리에 있는 회사 종류, 날씨, 계절 등을 모두 독서로 얻을 수 있는 것이다. 그래서 무언가를 시작하기 전 꼭 개론서를 읽어본 후에 행동으로 옮겨야 한다고 말하는 것이다. 책은 우리에게 간접 경험을 제대로 안겨다 주는 좋은 친구다. 남들이 한 직접적인 경험을 우리는 독서를 통해 얻을 수 있고 그로 인해 우리는 나만의 세계를 또다시 만들 수 있다. 〈리딩으로 리드하라〉(차이정원, 2016)의 이지성 작가는 독서로 자신의 경험을 이야기했다. 100권 정도의 책을 읽으면 사고방식이 긍정적으로 바뀌고, 300권을 읽으면 긍정적 사고방식이 완전히 뿌리를 내리고, 700권부터 변화가 읽어나기 시작해 1,000권을 읽으면 완전히 바뀐다고 말했다(책 〈본깨적〉 참고). 요크 대학의 심리학자, 레이먼드 마 연구원의 연구에 따르면 "모든 것은 인간의 두뇌가 경험한 것과 책에서 읽은 것 사이를 잘 구별하지 못한다."라는 말을 남겼다. 토론토 대학 인지 심리학 교수인 키스 오틀리(Keith Oatley)는 "잘 묘사된 책의 한 장면을 읽는 것은 영화를 보는 것과 동등하다"라는 말을 남기기도 했다. 이처럼 직접 경험만이 나를 바꿔놓는 것은 아니다. 내 생각의 변화와 행동의 변화를 가져다주는 것의 시작점은 독서뿐이다. 사람마다 다른 세상의 크기를 이해하고 받아들이고 내 것으로 만들어 더 단단해지기를 바란다. 모두가 다른 모습이기 때문에 독서가 즐겁다는 사실을 알기를 바란다. 궁금하지 않은가? 다른 사람의 세상은 어떤 모습을 하고 있을지, 그리고 그런 세상이 내 안으로 들어왔을 때는 또 어떤 세상을 만들지. 지금부터 나만의 세상을 독서로 다시 만들어 시작해보자.

아는 만큼 보인다

내가 세계를 만난 것은 책에 의해서였다.

– 장 폴 사르트르

     많은 독서가들은 책을 통해 세상을 바라보는 관점이 달라질 수 있다고 말한다. 세상의 크기가 사람마다 다른 것처럼 세상을 어떻게 바라볼 것인가는 내 생각과 관점에서부터 시작된다. 책을 통해 배울 수 있는 교양과 지식은 넘쳐난다. 잉글랜드의 철학자 프랜시스 베이컨의 주장처럼 '아는 것이 힘이다.'라는 말에 동의한다. 라디오에서 지지직거리는 잡음을 들어본 적 있는가? 그 잡음 중 일부는 빅뱅 때 방출된 전파로 만들어진 소리라고 한다. 산타 할아버지가 굴뚝으로 출입하는 이유는 산타 할아버지 이야기가 처음 나온 유럽의 전통 가옥 구조상 때문에 만들어졌다고 하는데 유일하게 집 안으로 드나들 수 있는 곳이 굴뚝뿐이었다. 유럽은 1층을 주방으로 쓰고 2층을 침실로 두는 형태의 구조들이 대부분이었다. 1층에서 화로를 피우기 때문에 질식사를 예방하기 위해 굴뚝을 크게 만들었는데 유럽인들이 산타 할아버지가 어디로 오는지 설명할 때 굴뚝으로 들어오고 나간다는 이야기는 이때 만들어졌다. 우리가 흔히 알고 있는 애니메이션 주인공 알라딘의 차림새는 아랍이지만 실제로는 중국인이라는 사실은 알고 있는가. 〈알아두면 쓸데 있는 유쾌한 상식사전-일상생활편〉(조홍석 저, 트로이목마, 2018)에서는 '달러'의 기원은 미국이 아닌 유럽 국가에서 통용됐던 은화를 가리키던 용어였다고 알려주고 있으며, '레이디 퍼스트'의 뜻은 영국 신사들이 마차에서 내릴 때 땅의 상태를 확인하기 위해 여자를 먼저 마차에서 내리게 하는 것에서부터 유래됐다고 한다. 여성을 먼저 마차에서 내린 뒤에 땅에 말의 똥이나 흙탕물이 튀는 것을 확인하고 나서야 영국 신사들은 마차에서 내린 것이다. 이러한 재미있는 사실은 내가 모두 책에서 얻은 것들이다. 이 외에도 경제가 돌아가는 기본적인 상식, 인간의 심리 등 수많은 것들을 책에서 배울 수있다. 오죽하면 개그맨이자 사업가인 고명환은 〈책 읽고 매출의

신이 되다〉(한국경제신문사(한경비피), 2017)라는 자신의 책에서 "암만 생각해봐도 나는 책을 읽은 것밖에 없다."라는 말을 했겠는가.

내가 아는 만큼 보인다는 사실을 가장 처음 깨달았던 것은 경주 불국사에 방문했을 때였다. 어렸을 때 소풍을 경주 불국사로 가곤 했었는데 그때는 소풍이라는 즐거움으로만 다녀온 기억뿐이었다. 성인이 되고 다시 가야 할 일이 있었는데 어렸을 때와는 다르게 출발하기 전날 경주 불국사에 관련된 책을 두 권 정도 읽어보았다. 그전에는 몰랐던 사실들을 알고 방문하니 불국사에 있는 다보탑, 3층 석탑, 석굴암 등이 예사롭게 보이지 않았다. 그저 돌덩이라고 생각했던 것들이 역사의 이야기로 바라보니 끝없는 감동이 밀려왔다. 책을 통해 석굴암이 일제강점기 때 발견되었다는 사실을 알 수 있었고 일본은 무모한 '복원' 방식으로 석굴암의 외벽에 콘크리트를 발라버렸는데 시간이 지나자 내부에 이슬이 맺히면서 이끼가 끼기 시작했다. 이때 이후부터 석굴암은 많은 훼손을 입었다. 콘크리트나 접착제도 없이 둥근 외벽을 만들었으며 과학적인 통풍 구조를 만든 조상들의 지혜로움에 감탄하며 불국사를 돌고 왔던 기억이 있다. 아는 것 없이 어렸을 때 소풍을 가듯 돌아만 보고 왔다면 이 놀라운 사실을 모른 채 돌아왔을 것이다. 세상은 아는 만큼 보인다. 아인슈타인은 "우주와 인간의 어리석음 그 두 가지가 무한하다."라고 말했으며

"우리는 아직 자연이 보여준 모습의 10만분의 1도 모른다."라는 말도 했다. 평균 이하였던 난, 책 한두 권으로 경주를 다시 방문했을 때 회사 사람들 사이에서 평균 이상의 지식인이라는 평가 혹은 인정을 받아 가이드의 역할을 맡게 되었다. 모두가 경주의 역사에 감탄하고 감동했다. 하지만 난 따로 공부한 적이 없고 단지 책만 읽었을 뿐이다. 그 이후 여행을 갈 때는 책 한 권씩을 꼭 챙겨서 다니는 습관이 생겼다. 개인적으로 아는 만큼 보인다는 말이 가장 와 닿을 때가 여행을 갔을 때다. 국내 여행은 한국어로 소개도 잘 되어있어 여행지에 가서도 공부할 수 있는 부분도 있다. 그러나 해외여행을 갔을 때는 한국어를 찾기 어려운 나라도 많을뿐더러 잘못된 한글을 사용하여 전혀 도움이 되지 않는 설명도 많다. 그래서 나는 비싼 돈을 지불하고 해외까지 왔으니 더 내 것으로 많이 만들고 가야겠다는 생각을 처음 했었다. 동남아로 배낭여행을 떠난 적이 있었는데 캄보디아로 도착해 베트남, 라오스, 태국, 미얀마, 말레이시아 등을 돌고 오기로 한 목표를 정하고 떠났다. 그런데 캄보디아에서 앙코르와트에 빠져 근 한 달을 캄보디아에 머물게 됐다. 앙코르와트는 세계 최대 규모의 사원이다. 실제로 보아도 정말 규모가 어마어마했다. 1주일을 목표로 잡고 갔는데 1주일 만에 모두 돌아볼 수 있는 규모가 아니었다. 다른 여행지에 갔을 때와 마찬가지로 캄보디아에 도착한

첫날, 숙소에서 가져갔던 앙코르와트 역사책을 읽기 시작했다. 다음 날 앙코르와트 앞에 도착했을 때 눈물이 왈칵 쏟아졌다. 감동에 북받쳤다. 보이지 않는 것이 보였다. 남들이 볼 수 없는 것을 본 것이다. 나를 앙코르와트까지 데려다준 툭툭이 기사는 울고 있는 나를 신기하게 바라보았다. 공부하고 오길 잘했다고 말하자 자기 나라의 역사에 감동을 한 모습에 감사하다는 말을 들을 수 있었다. 안으로 들어서면서 벽에 새겨진 문양 하나, 선 하나가 그저 낙서로 보이지 않았고 모든 것들이 살아 숨 쉬고 있는 느낌을 받았다. 이는 모두 책의 힘이었다. 지금은 여행을 가고 싶어도 현재 여행을 떠날 수 없는 시국이기 때문에 가고 싶은 곳을 소개하는 책 한 권을 읽기도 한다. 책 〈여행과 독서〉(오하나 역, 시그마북스, 2017)를 쓴 저자 잔훙즈는 "여행은 서서 하는 독서, 독서는 앉아서 하는 여행이다."라는 말을 하지 않았는가.

스마트폰으로 인터넷에 검색해서 얻을 수 있는 지식과 정보는 많다. 그러나 지나친 정보 과잉 시대에 정확한 지식과 정보를 얻기란 점점 어려워졌다. 많은 독서가는 정보 과잉 시대에 살면서 우리는 진짜와 가짜를 구분할 수 있는 안목을 키우는 것이 독서를 하는 이유라고 말하기도 했다. 꼭 아는 만큼 보이는 것은 여행에서뿐 만이 아니다. 내 경험상으로는 회사에서도 그랬다. 이직할 때마다 책의 힘을 빌렸고 나는 책의 힘만으로 인정받는 사람이 될 수 있었다. 다른 사람의 인정이 중요하다고 생각하진 않지만, 독서하는 습관은 내가 맡은 일을 더 수월하게 일을 처리할 수 있도록 도와주었고, 시간을 효율적으로 쓰게끔 도와주었고, 아이디어를 만들어 준 것 역시 모두 책의 도움이 있었다. 책 한 권을 쓰는데 보통 100권의 책을 읽어야 한다는 말이 있다. 전문 서적을 쓰는 작가들은 300권에서 500권 사이의 책을 읽어야 책을 쓸 수 있다고 말한다. 한 분야만 파고들다 보면 그 분야의 전문가가 될 수 있다. 전문가로서의 관점과 생각을 가지게 되면 세상이 달라 보인다. 누군가는 내게 숱한 독서를 했음에도 아직 전문가는 아니라고 생각할지도 모른다. 그러나 나는 평균 이하였던 내가 평균 이상이 되기까지의 힘은 오직 독서뿐이었다는 사실을 말하고 싶다. 다른 독서가들에 비해 성장 속도가 느릴지도 모른다. 그러나 나는 조급해한다거나 빨리 더 성장하고 싶다며 나를 재촉하지 않는다. 느릴지 모르지만 한 걸음 한 걸음 나아가고 있다는 것만으로 나 자신에게 감사하다. 결국, 인정은 남이 아닌 나 자신이 해야 진정한 인정이라고 생각하기 때문이다.

기본을 갖추는 독서

> 독서는 인간을
> 정신적으로 충실하고
> 심오하게 해줄 뿐만 아니라
> 정확한 사람을 만든다.
>
> – 프랭클린

    아무것도 아니었던 내가 평균 이상이 되자는 목표를 잡
고 가장 먼저 시작한 것은 기본을 갖추는 일이었다. 제일 중요하
다고 판단한 것이 기본을 갖춘 사람이 되는 것으로 생각했기 때
문이다. 땅이 있어야 나무를 심듯, 땅을 만드는 것이 가장 기초
적인 것으로 생각했다. 어느 날 내가 다져놓은 땅이 평균에도 미
치지 못하는 그 이하의 기본을 갖추고 있다는 사실을 깨달았다.
땅이라는 기초를 갖추기까지의 시간이 가장 오래 걸렸다. 기본

을 갖추고 평균이 되는 것보다 평균에서 평균 이상이 되는 것은 더 빨랐다. 기본을 잘 다져놓기만 하면 평균 이상이 되기까지는 금방이라는 것이다. 책에는 기본을 갖추는 사람으로 만들어 주는 힘이 있다. 기본이라는 것은 사전적 의미로 기초와 근본을 이야기한다. 기초를 세우고 근본을 쌓는 정도의 독서만 일단 시작하자고 목표를 잡았다. 어른들이 '근본이 안 되어있다'라는 말을 쓰는 것을 들어본 적 있을 것이다. 어렸을 때는 근본이 안 된 사람은 무엇을 말하는 걸까 생각했는데 슬프게도 사회생활을 하면서 조금씩 깨달을 수 있는 상황들을 맞닥뜨렸다.

미국, 캐나다 전문 연설가인 브라이언 트레이시의 수많은 명언 중 "기본에만 충실하면 누구나 성공할 수 있다. 기본도 못 하고 욕심만 많으니 성공을 못 하는 것이다."라는 글을 본 적이 있다. 기본을 갖추는 것은 시작에 불과한 정도가 아니다. 기본을 갖추는 것은 전부를 갖추는 것이라고 봐도 무방하다. 처음에 길만 잘 닦아놓으면 그다음은 무엇을 하더라도 훨씬 수월하게 일을 할 수 있다. 내가 기본을 갖추기 위한 독서를 시작해야겠다고 처음 생각한 때는 대학교에 다니고 있을 때였다. 남들과 다르지 않게 토익 점수나 영어 회화 시험 점수를 취득하기 위해 영어 공부를 하는데 나뿐만 아니라 모든 친구는 하나같이 똑같은 말을 했다. "국어가 안 되니까 영어가 안 되는 것 같아." 외국어 공부의 시작은 기본적으로 모국어인 국어를 공부하는 것에서부터 시작해야 한다는 것을 알았다. 회사에 다니면서도 국어 실력이 부족한 사람들이 한 가지 일을 맡았을 때 한계에 부딪히는 경우를 봤다. 생각보다 사회생활을 하는 성인들이 국어를 못 하는 경우가 많다. 그래서 프레젠테이션을 하거나 글을 써야 하는 문서 작업 때도 한참을 헤매다 내게 도움을 청하는 동료들이 많았다. 국어는 모든 것의 기초이자 기본이다. 국어 실력의 기초와 기본을 쌓기 위해 학원에 다니거나 과외를 받는 경우는 보지 못했다. 크게 노력하지 않는 사람들만 봤다. 국어보다는 영어를 잘해야 한다는 사람들이 더 많기 때문이다. 나는 외국어를 공부하기 전에 국어 공부가 기본이 되어야 한다고 말한다. 국어 실력은 큰 노력 없이 독서만 잘해도 향상된다.

문제는 독서를 하지 않는다는 것인데 문제에 맞닥뜨렸을 때는 기본으로 돌아가야 한다는 사실이다. 그래야 답이 보인다. 국어 학원에서 근무했을 때 학생들은 문제를 이해하지 못해 늘 내게 물었다. "질문을 이해 못 했어요." 이런 경우가 생각보다 많다. 한 문장의 문제를 길게 설명을 해주면 답은 곧잘 찾는다. 그런데 그런 친구들이 영어를 잘하거나 중국어를 잘하거나 일본어 등 외국어는 잘한다. 국어는 모든 공부의 기초가 된다. 책을 쓰는 저자는 오탈자가 있는지 없는지 수십 번의 검수를 한다. 맞춤법과 띄어쓰기 하나까지 세세하게 신경 쓴다. 그러니 우리는 읽기만 해도 국어 실력이 좋아질 수밖에 없다. 또 국어 실력뿐만 아니라 문해력 향상에 독서만큼 좋은 것이 없다. 국어 실력이 평균 수준에도 도달하지 못하기 때문에 문해력은 부족할 수밖에 없다. 이처럼 기본을 갖추기에 가장 쉽고 빠르게 도움을 주는 것이 책을 읽는 행위다. 기초가 쌓이지 않으면 언젠가 한계에 부딪히고 만다. 기본을 쌓는 데 오랜 시간이 걸리는 것 같지만 어느 한계에 도달하면 남들보다 훨씬 더 빠른 속도로 앞서나가게 된다.

미시간대 풋볼팀의 전설적인 감독 보 스켐베클러(Bo Schembechler)라는 사람이 있다. 그는 1969년부터 은퇴한 1989년까지 234승, 승률 85%라는 대기록을 달성한 전설의 리더였다. 보 스켐베클러 감독만의 원칙이 있었는데 원칙이란 대부분 단순하고 기본적인 것들이었다고 한다. 그 중 대표적인 것이 시간 엄수였다. 풋볼팀의 감독으로서 기본적으로 지켜야 할 것을 '시간 엄수'였다는 사실을 알았을 때 놀라지 않을 수 없다. 전설적인 리더 역시 기본만 잘 갖추어도 목표를 이룰 수 있다는 신념을 갖고 있었다. 그는 정상에 오를수록 기본에 충실해야 한다고 생각했다. 지금 내가 무엇인가를 계획하고 있다거나 독서를 수단으로 목적을 쌓아나가야겠다는 생각이 있다면 탄탄한 기본을 쌓는 것에서부터 시작하자. 한 분야에서 나만의 역량을 쌓아나가기 위해 작은 것에서부터 시작해야 한다. 그 작은 것이 큰 것을 만들어낼 수밖에 없다. 나는 이 모든 사실을 독서로 깨달았다. 책은 내 역량이 어떤 것인지를 찾아내 주었고 그 역량을 키워나가야 한다는 사실 역시 책에서 얻었으며 무엇을 해야 내 분야에서의 역량을 쌓아나갈 수 있는지도 책에서 얻은 깨달음이었다. 나는 이런 경우를 눈사람으로 만들 때로 비유한다. 어릴 적 눈사람을 만들기 위해서 가장 먼저 했던 것이 두 손으로 작은 눈덩이를 만드는 것이었다. 작은 눈덩이를 만드는 데 가장 오랜 시간이 걸렸다. 둥글게 만들지 않으면 나중에 눈밭에 굴렸을 때 예쁜 모양이 나오지 않기 때문이었다. 눈사람의 기초인 둥글고 작은 눈덩이를 잘 만들기만 하면 된다.

그다음은 그 작은 눈덩이를 굴리기만 하면 내 몸보다 더 큰 눈사람이 된다. 그리고 마지막에 눈덩이의 주변을 조금씩 다듬어 예쁜 눈사람을 완성했다. 세상의 모든 것은 기초에서부터 시작된다. 그러나 어떠한 기초를 쌓든 그 모든 것은 책에서 얻을 수 있다. 예를 들어 지금 내가 사업을 시작하려고 한다고 생각해보자. 사업의 기본이 무엇인지부터 생각해야 한다. 생각해보아도 모르겠다면 책에서 도움을 얻을 수 있다. '사업'이라는 두 글자로만 검색해도 수많은 책 목록이 쏟아져 나온다. 그리고 내용을 어느 정도 추려놓은 개론서를 가장 먼저 읽는다. 사업의 기본을 파악해야만 내 목적지가 분명하게 보인다. 내가 무엇인가를 시작하기 전에 역량을 발휘하지 못하는 이유는 기본을 모르기 때문이다. 즉, 내게 부족한 것이 무엇인지 모른다는 것이다. 마케팅 회사에서 근무했을 때 나는 가장 먼저 마케팅의 흐름을 알아야 하는 것이 기본이라고 생각했다. 시대는 빠르게 변하고 변하는 속도는 갈수록 점점 더 빨라지고 있다. 마케팅 흐름을 놓치지 않기 위해 독서에만 매달렸다. 마케팅 관련 도서만 읽다 보면 독서가 재미가 없어질 때가 있다. 그럴 때는 다른 분야의 책도 같이 읽었다. 전혀 다른 분야의 책을 읽어도 신기하게도 결국엔 내가 하는 일과 연결된다. 이처럼 기본을 쌓기 위해 우리가 가장 먼저 할 일이 독서를 하는 것이다. 책 읽기는 모든 공부의 기초가 되는 국어 실력을 쌓아준다. 그뿐만 아니라 내가 기본을 쌓고 싶은 분야의 흐름과 방향까지 소개해준다.

회사에서 국어를 못 하는 사람이 의외로 정말 많다는 점을 생각해보면 나의 국어 실력 향상만으로 평균 이상이 될 수 있다. 남들에게 인정받으며 승승장구하기 위해서의 기본을 갖추는 능력이 필요하다. 물론 여기서 주의할 것은 남들에게 받는 인정을 목표로 하는 것은 아니다. 하지만 남들이 인정할 만큼의 수준에 오르면 나 스스로가 무슨 일을 해도 훨씬 수월해진다는 것을 명심하자. 지금부터 기본을 갖추는 독서를 위해 원하는 분야의 개론서를 지금 당장 읽어보자. 3개월만 꾸준히 읽어도 기본 실력의 엄청난 큰 변화를 느낄 것이다.

제5장

평균 이상의 독서

생업에 맞는 책을 읽어라

> 가난한 사람은 독서로 부자가 되고,
>
> 부자는 독서로 귀하게 된다.
>
> – 중국 북송대 정치가 왕안석(1021~1086)

　　지적인 능력으로 평균 이하였던 내가 평균이 되기까지는 독서의 힘이 있었다. 누군가는 코웃음을 칠지도 모른다. 그러나 나는 정말 평균 이하의 지식 능력으로 초, 중, 고등학교 교육을 끝냈고 대학교까지 다녔다. 꾸준한 독서의 빛이 발하기 시작한 건 사회생활이 시작되면서부터였는데 시작은 대학교 졸업 후 첫 직장을 다닐 때였다. 나는 내가 가진 능력보다 더 좋은 회사에 취직했다. 외국계 투자회사에 다녔는데 밤낮, 주말 없이 컴퓨터

모니터만 보며 1년을 보냈다. 늘 읽고 싶었던 책만 읽던 내가 처음으로 생업에 맞는 책을 제대로 읽어보자는 생각을 가지게 해준 시기다. 처음에는 투자 관련 서적만 읽었다. 조지 소로스, 워런 버핏, 빌 게이츠, 레이 달리오 등 투자라는 단어를 내밀었을 때 빠질 수 없는 유명 인사의 책을 모조리 읽었다. 그런데 언제부턴가 내 독서가 한계에 부딪혔다는 생각이 들었다. 수많은 투자 관련 책을 읽었으나 나중에 시간이 지나고 나니 다 거기서 거기인 듯한 내용뿐이었다. 그들은 하나같이 같은 말을 했다. '남들과 다른 가치를 가져야 한다.' 도대체 남들과 다른 가치란 무엇일까를 고민해야 했는데 어린 나는 알 도리가 없었다. 한 날 투자 분야의 책을 읽는데 문득 투자 관련 독서가 재테크 책에 불과하다는 생각이 들었다. 남들과 다른 생각을 가지고 투자를 하려면 어떻게 해야 할까 고민하던 중 내 생각 자체의 수준을 높여야겠다는 깨달음을 얻었다. 그날부터 나는 철학책을 읽기 시작했다. 인문학을 읽었고 역사를 읽었다. 누군가는 뜬금없다고 이야기할지도 모르겠다. 그러나 투자 관련 책을 읽기 위해서는 아니, 재테크 책을 읽기 위해서는 그 전에 내 지적 능력을 평균 이상으로 이끌어 줄 만한 책을 읽어야겠다는 깨달음을 얻은 것이었다. 역사는 반복되고 철학은 나를 '앎'으로 이끌어주며 철학책을 읽고 깨달은 '앎'을 수행할 능력인 '삶'으로 도달하게 해주는 것은 인문학이다. 처음부터 나의 지적 능력을 한 단계 높여줄 만한 책을 읽어야겠다는 생각을 한 것은 아니었다. 이 깨달음은 다른 책을 통해서 얻은 깨달음이었다. 세계적으로 유명한 기업, 인물들이 빼놓지 않고 하는 독서가 고전, 역사, 철학, 인문 등이었다는 걸 알고 나도 그저 따라 하기 시작한 것이었다. 그들은 이렇게 말했다. '고전, 철학, 인문, 역사 관련된 책들은 생각의 관점을 완전히 바꿔줍니다.' 열정이 넘치던 20대의 나는 어떻게 해서든 회사에서 살아남아 인정받고 싶었다. 그것만이 살길인 줄 알았다. 나는 생업에 맞는 독서를 하기 시작했던 시기를 역사, 철학, 인문학책을 읽기 시작했을 때부터라고 생각한다. 투자회사를 그만두고 마케팅 회사에 다녔는데 당연히 그때는 마케팅 관련 책만 줄기차게 읽어댔다. 하지만 그때도 인문 고전 책은 손에서 놓지 않았다. 평균 이하였던 내 지적 능력과 생각을 평균으로 끌어올려 주는 행위 중 하나였기 때문에 손에서 놓을 수 없었다. 당신은 이제 읽을만한 책이 없다는 말이나 뭐부터 읽어야 할지 모르겠다는 핑계는 접어둘 수 있을 것이다. 그리스의 비극작가 소포클레스는 말했다. "근심 없는 사람의 인생만큼 아름다운 인생은 없다. 근심 없는 삶은 참으로 고통 없는 악이다."라고. 각자의 근심은 각자가 아주 잘 알고 있다. 생업에 대한 근심을 해결하기 위해 생업에 맞는 책부터 읽자.

슬럼프는 반드시 온다

슬럼프(slump)란 자신의 실력을 제대로 발휘하지 못하는 부진한 상태가 긴 시간 동안 이어지는 상황을 말한다. 당신에게도 내게도 누군가든 슬럼프는 반드시 겪기 마련이다. 일과 관련된 슬럼프든 관계의 슬럼프든 인생의 슬럼프란 반드시 오는 것이다. 우리는 이런 슬럼프를 탈진, 공황장애, 우울증, 기분부전장애 등으로 생각한다. 이런 슬럼프를 우리는 현대인들이 당연히 가지고 있는 증상이라며 하루하루를 보내고 있는가? 나 역시 늘 평균 이하라고 생각하는 자존감 낮은 사람이었다. 평균 이하의 생각밖에 하지 못했던 내가 슬럼프를 극복할 수 있었던 것은 독서의 도움이 컸다. 나는 출중하거나 뛰어난 실력을 갖추고 있지는 않다. 그렇다면 어떠한 독서로 나의 슬럼프를 극복할 수 있었던 걸까? 나는 어떠한 슬럼프가 오든 생업에 맞는 책부터 읽으라고 말한다. 아무리 회사에 가기 싫은 사람도 막상 한국인들은 일이 닥치면 어떻게든 해결해 나가려는 열정이 있다. 신기하게도 한국인은 회사 욕을 하고 일을 때려치우고 싶다며 스트레스를 받아도 막상 내 앞에 놓인 일을 보면 잘 해결해내려고 노력한다. 나는 그러한 열정을 독서로 풀어내라고 말한다. 정보를 얻을 수 있고 나의 일과 관련된 스트레스나 슬럼프를 독서를 하는 행위로 어느 정도 해결할 수 있다. 정보들이 넘쳐나는 시대에 왜 책을 읽으라고 하냐고 묻는다면 그것은 정말 어리석은 질문이라고 강하게 말하고 싶다. 생업에 도움이 되기 위해서는 인터넷에 검색만 해도 쉽게 찾아볼 수 있는 것은 당연코 사실이다. 그러나 그것에는 깊이가 없고 쉽게 잊어버리기에 십상이다. 인터넷에서 찾아볼 수 있는 정보들과 사례들로 나의 생업에 맞춰 응용할 수 있다고 생각하는가? 절대 그럴 수 없다. 응용할 수 있는 능력조차도 독서를 통해 얻을 수 있는 능력이다. 생업이란 '生業' '살 생', 일, 직업, 학업의 '업 업'이다. 말 그대로 살아가기 위해 하는 일을 말한다. 일에 관련된 독서를 하는 것도 생업에 맞는 독서이고 현재 나의 심리 상태를 대변해줄 만한 책을 찾아 읽는 것도 생업을 위한 독서라고 말할 수 있다. 당신의 현재 상태는 어떠한가? 나는 우울증을 심각하게 겪었을 때 서점에 가서 매대에 나열된 모든 책을 왼쪽 맨 윗줄부터 오른쪽 맨 아래 끝줄까지 모두 읽었다. 내가 할 수 있는 것을 찾기 위해서였다. 결국, 내가 할 수 있었던 가장 첫 번째는 병원에 가는 일이었다. 그 누구도 내게 말해주지 않았다. 병원부터 가야 한다고. 내게 말해준 것은 책뿐이었다. 이 또한 지나갈 것이라고 말해주는 것도 책뿐이었다. 투자회사에 다니면서 원형탈모가 오고 우울증이 극심해져 내일 해가 뜨지 않았으면 좋겠다는 기도를 매일 하며 잠이 들었다. 그때 내가 버틸 수 있었던 것은 단연 책뿐이었다. 아무도 내 마음을 알아주지 않을 때 누구에게도 말할 수 없을 때 살아가기 위해서 독서를 하자. 살기 위한 독서를 시작하면서 책과 나는 같이 숨 쉴 것이다. 어떤 책부터 읽어야 할까 고민할 필요가 없다. 현재 당신의 상태에서 어떻게 살아갈 것인가를 생각하며 책 한 권을 고르면 된다. 다음 읽을 책은 첫 번째 고른 책에서 알려줄 것이다. 그러니 어떤 책'들'을 읽어야 할까를 고민하지 마라. 한 권의 책을 읽음으로써 독서 습관까지 만들어 줄 것이다. 〈가장 멍청한 세대: 디지털은 어떻게 미래를 위태롭게 만드는가〉의 저자 마크 바우어라인(김선아 역, 인물과사상, 2014)은 "책은 많이 읽을수록 더 많은 책을 읽게 되고, 책을 읽지 않을수록 점점 책을 읽을 수 없게 된다."라고 말한다. 생업에 맞는 책을 읽기 시작하면 한 권의 책을 시작으로 무아지경에 빠질 정도로 읽을거리가 많아질 것이다. 생업은 말 그대로 살아가기 위해 하는 일이다. 살아가기 위해 직장 관련된 책을 읽을 수도 있고 현재 내 심리 상태를 대변하는 책을 찾아 읽음으로써 한 단계 더 나를 발전시킬 수 있을 것이다.

시작했다면 한 번쯤은 끝을 봐라

> 기회를 기다리는 것은 바보짓이다.
> 독서의 시간이라는 것은 지금 이 시간이지
> 결코 이제부터가 아니다.
> 오늘 읽을 수 있는 책을 내일로 넘기지 말라.
>
> ─ H. 잭슨

　　책을 한 권 골라 읽기 시작했다면 한 번쯤은 끝까지 읽는 책도 있어야 한다. 책 한 권을 읽기 시작했을 때 무조건 끝까지 다 읽어야 하는 것은 아니다. 그러나 여러 권, 혹은 읽을 때마다 끝까지 읽은 책이 한 권도 없다면 이것은 문제가 된다. 여기서 짚고 넘어가야 할 것은 책을 끝까지 읽는 것을 완독이라고 하지 않는다. 많은 사람이 책을 끝까지 다 읽어내는 것을 놓고 완독이라고 이야기하는데 완독이란 글의 뜻을 깊이 생각하면서 읽음, 글을 비판하지 아니하고 오로지 읽기만 함이라는 뜻이다. 다시 본론으로 돌아가서 책을 한 번쯤은 처음부터 끝까지 다 읽으라는 이야기를 하고 싶다. 물론 마음에 들지 않고 집중력을 흐리게 하는 책은 덮어라. 하지만 그 횟수가 계속해서 반복된다면 이는 나의 독서법을 의심해보기도 해야 한다. 내 독서법에 문제가 있는 것이다. 보통 책을 선택할 때 관심이 가는 제목이거나 목차를 보고 내가 원하는 방향의 이야기가 담겨 있어 보인다면 그 책을 구매하거나 대여할 것이다. 그렇게 선택했음에도 불구하고 책을 몇 번이고 끝까지 다 읽지 못하는 것이라면 내 독서법을 다시 생각해보자. 책을 끝까지 다 읽는 데는 약간의 노력도 필요하다. 조금만 재미없다고, 조금만 흥미를 잃었다고 금방 책을 포기하는 것은 바람직한 독서라 할 수 없다. 매번 책의 초입 부분만 읽고 포기하게 된다면 내가 얻을 수 있는 영향도 그만큼 적다. 독일 인문주의 시대의 시인이었던 세바스티안 브란트라는 사람이 있다. 이 세바스티안 브란트가 출간한 〈바보선〉(1494년 출간)이라는 책이 있다. 이 책은 자그마한 풍자 시집이다. 이 책에서는 얼간이의 7가지 형태를 이야기하고 있다. 그중 세 번째 얼간이를 이렇게 표현했다. "책은 모으되 진정으로 읽지는 않고 자신의 값싼 호기심을 만족시키기 위해 건성으로 들춰보기만 하는 얼간이". 책을 끝까지 다 읽은 것이 한 권도 채 되지 않는 사람이 있다면 당신은 이 세 번째 얼간이에 해당하고 있을지도 모른다. 책은 모으지만 제대로 읽지는 않고 건성으로 들춰보기만 하는 사람 말이다. 그렇다면 재미없는 책을 끝까지 붙잡고 읽어야 하는가? 아니다. 조금의 흥미만 있으면 충분히 책을 다 읽을 수 있다. 책을 마지막까지 읽을 때는 어느 정도 노력도 필요하다.

어떻게 해야 책을 끝까지 다 읽어나갈 수 있을까? 첫 번째로 가장 필요한 능력은 집중력이다. 이때 사용할 수 있는 말이 '완독'이다. 완독이란 앞에서 언급했듯 글의 뜻을 깊이 생각하면서 읽는 것이다. 한 문장에 집중하면서 읽게 되면 다음 문장으로 넘어가는 것은 수월해진다. 앞 문장을 읽고 나면 다음 문장이 궁금해지기 마련이다. 그러나 설렁설렁 글을 읽다 보면 다음 문장으로 오는 내용이 크게 와 닿지 않고 집중력은 점점 흐려지며, 뒤로 갈수록 책의 내용이 와 닿지 않게 된다. 두 번째로는 책을 구매할 때 가져야 할 마음가짐이 중요하다. 너무나 당연한 소리라고 생각할 수도 있지만 책을 처음부터 끝까지 읽어보고 싶다는 생각이 드는 책을 골라야 한다. 요즘 사람들은 너무 쉽게 포기하는 것이 많다. 이 책이 아니어도 읽을 책은 많다고 생각할 수도 있고 책의 저자가 지루한 글을 썼다고 생각할 수도 있다. 책은 한 사람을 만나는 일과 같다. 책을 하나의 블록 같은 것으로 생각하기보다 진정으로 한 사람을 만난다는 생각으로 독서를 시작해야 한다. 그렇다면 조금은 끈기 있게 마지막 장을 넘길 수 있다. 책을 선택할 때 목차를 보며 내가 공감되는 부분이 있다며 책을 구매할 수도 있는데 한 목차를 읽기 위해서는 다른 목차도 읽어야만 내가 관심이 가던 목차 부분의 내용이 더 깊이 와 닿는다. 책을 쓸 때 저자는 조화로움을 생각하며 쓴다. 그래서 내가 원하는 부분의 목차만 계속해서 읽는다면 책의 마지막 장을 넘기는 일은 극히 드물어지는 것이다. 세 번째로는 나의 독서 수준보다는 조금 더 만만한 책을 선택하는 것이다. 그럼 마지막 장을 덮는 일은 조금 더 수월해질 것이다. 예를 들어 내가 철학을 좋아한다고 치자. 하지만 책을 많이 읽은 경험은 없다고 했을 때 철학 분야의 베스트셀러나 스터디셀러를 읽어서는 안 된다. 어려운 말들로 가득한 책이라 내가 이해하기 어려울 수 있다. 이럴 때는 10대 청소년들의 눈높이에 맞게 쓰인 책을 선정해서 철학 책을 읽는 것을 추천한다.

　청소년들을 위한 책이라고 해서 무시하는 사람들이 많다. 크나큰 착각과 오산이다. 요즘 청소년들의 수준이 얼마나 높은지 모르고 하는 소리다. 책을 수천 권 읽은 나도 여전히 청소년들을 대상으로 쓴 책을 선정해서 읽을 때가 있다. 내가 취약한 부분인 과학 분야의 책들은 청소년들의 수준에 맞게 쓴 책이라고 해도 이해하지 못할 때가 많다. 10대들을 위한 책을 절대 무시하지 마라. 내가 읽고 싶은 분야가 있으나 모르는 것이 많다면 내 수준보다는 조금 더 쉬운 단계의 책을 선택해보자. 그럼 마지막 장을 넘길 수 있는 확률이 좀 더 높아질 것이다. 마지막 방법으로 책에만 집중하는 시간을 갖는 것이다. 최근 뇌 과학 연구를 통해 인간의 뇌는 다중작업을 할 수 없다는 사실이 밝혀졌다. 런던대학교의 연구에 따르면 작업 중에 메일이나 전화를 확인하는 등의 다중작업을 할 경우 지능지수 IQ가 10 정도 떨어진다고 한다. 이 수치는 마리화나를 흡입했을 때의 약 2배에 달하는 결과라고 한다. 끈기가 없는 우리는 중도 포기하는 경우가 많다. 얇은 책이나 흥미를 느끼는 분야의 책 한 권을 샀다면 스마트폰은 잠시 제쳐놓고 책에만 집중할 시간을 한 번쯤은 꼭 가져보라고 말하고 싶다. 무엇이라도 시작했다면 한 번쯤은 끝을 봐야 하지 않을까. 아무 책이나 한 권 골라 끝을 보라는 말은 아니다. 당연히 내가 흥미를 느끼는 책이어야 끝을 보는 것이 가능하기 때문이다. 앞서 제안한 방법들을 활용해 한 권의 책을 신중하게 선택해보자. 그리고 집중할 시간을 정해놓고 독서 할 시간과 장소, 분위기를 만들어놓은 다음 끝을 향해 읽어보라. 한 권의 책을 모두 읽고 난 후의 쾌감과 성취감은 이루 말할 수 없다. 한 사람을 만나고 난 후에 깨닫고 느끼고 배울 것이 많다는 사실을 알게 될 것이다. 독서 할 시간이란 따로 없다. 여유 있게 카페에 앉아 커피를 한 잔 마시며 독서를 하고 싶은가? 주말 아침 할 일을 끝내놓고 조용히 소파에 앉아 독서를 시작하고 싶은가? 미안하지만 그런 때는 오지 않는다. 지금 당장 시작하라.

책 읽기로
직장 생활이 가능했던 이유

> 나는 삶을 변화시키는 아이디어를
>
> 항상 책에서 얻었다
>
> – 벨 훅스(Bell Hooks)

내가 선택한 길이지만 한 번도 원해서 회사에 출근해본 적은 없었다. 남들처럼 정해진 시간에 일어났고 한 정거장 전에서 플랫폼으로 들어오는 지하철을 타기 위해 두 계단씩 뛰어 내려가는 일상은 늘 반복이었다. 출근하면서 퇴근을 생각했고 매일매일 똑같은 업무, 똑같이 반복되는 하루, 미래에 대한 불안감, 누구나 다하는 똑같은 생각으로 살고 있었다. 어릴 때는 과도하다고 생각했던 세상에 대한 나의 호기심은 점점 사라지고 있었고 특출한 아이디어도 없어 회의 시간이 지루하기만 했다. 나의 창의력은 이미 죽어 있는 것 같았다. 쳇바퀴만 도는 햄스터가 됐다는 생각에 회의를 느끼고 있었던 것이다. 나는 자본주의의 노예가 되고 싶지 않았다. 회사에 나가는 것이 곤욕이었다. 출근 생각으로 두려움에 휩싸여 계속해서 구토하기도 했고 잠을 못 자는 날이 수두룩했다. 어느 날 문득 모든 것을 바꾸고 싶다는 생각을 했다. 한 책을 읽었는데 세상과 현실을 바꿀 순 없다고 했다. 가장 빠른 변화를 주는 것은 가장 먼저 나 자신을 변화시키는 것이라고 했다. 그때부터였다. 어떻게 하면 나 자신을 바꿀 수 있을까 처음으로 고민이 시작됐다. 먼저, 나는 왜 회사에 다니고 있는 걸까? 아무리 생각해봐도 첫 번째는 돈이었다. 그런데 어느 날 문득 든 생각이 첫 번째만의 목표만 있는 것이 아니라는 것을 깨달았다. 그것은 바로 자아실현, 성장하고자 하는 욕구였다. 내가 현재 하는 일을 통해서 나 자신의 성장과 미래를 생각했기 때문에 지금을 선택한 것이라는 것을 깨달았다. 주변 동료들에게나 지인들에게도 회사에 다니는 이유에 관해 물었다. 그들 역시 첫 번째는 돈이지만 첫 번째 목표만으로 회사에 다니고 있다는 것이 아니라는 것을 알 수 있었다. 그들 모두 내가 생각한 두 번째 목표처럼 현재 내가 하는 일로 성장하고 싶다는 욕구가 있었다. 인간이란 의미를 만드는 것을 좋아하고 끊임없이 성장하고 싶어 하는 욕구가 있다. 또 인간은 누구나 배우고자 하는 욕구가 있다. 쳇바퀴 도는 직장 생활에 회의감을 느껴 어디론가 도망치고 싶다는 기분을 느낄 때쯤 독서에 빠져들었다. 큰 노력 없이 그저 책만 읽었는데 독서를 시작하면서부터 나의 직장 생활이 달라지고 있다는 것을 느끼던 시점이 있었다. 무엇 때문인지는 명확하게 설명할 순 없었다. 독서를 통해 내가 변해가는 과정을 느껴본 사람만이 알 것이다. 나는 이런 현상이 굉장히 신기하게 느껴졌다. 당시 내가 다니던 중국어 학원과 자기계발을 한답시고 다니던 학원, 인터넷 강의 모두를 끊었다. 독서를 자기계발로 선택하기로 마음먹은 것이다. 나는 내가 읽은 책에서 한 가지라도 현실에 대입하고 응용하고자 노력했다. 처음에는 불안했다. 다른 직장 동료들은 외국어를 배우기 위해 새벽반 수업을 듣거나 주말에 회사 사람들과의 동호회에 참석하거나 퇴근 후 학원에 가서 자격증 취득을 위한 공부를 하고 있는데 나는 집에 편하게 누워 독서만 한다는 것이 불안했다. 그러나 그들도 나처럼 똑같은 불안감을 가지고 있었다. 다른 수단을 이용하지만 결국은 불안감을 느낀다는 것을 알게 됐다. 우리가 무언가를 하고 있음에도 불안감을 느꼈던 것은 방향이 모호하기 때문이라는 것을 알게 됐다. 직장인들의 자기계발은 목적이 명확하지 않았다. 목적 없는 학습이 시간 낭비가 됐고 그저 에너지 소모에 불과했던 것이다. 나는 그렇게 되고 싶지 않았다. 그래서 직무와 관련된 책을 읽었다. 다시 초심으로 돌아가 내가 맡은 업무의 개론서를 읽기 시작했다. 회사라는 곳의 전체를 바라보는 안목이 필요하다고 생각한 것이다. 전체적인 것을 바라볼 줄 아는 혜안이 있어야 내 목표를 찾아갈 수 있을 것 같다고 생각했기 때문이다. 책 〈이기적인 직장인〉(안상헌 저, 위즈덤하우스, 2007)을 읽은 적이 있는데 한 문장이 내 가슴에 화살처럼 꽂혀 들어왔다. "너희는 지금 그걸 하고 있는 거야. 똑같은 일에 똑같이 반응하는 것." 회사에서 도망쳐 나올 수 없었기 때문에 나부터 바뀌어야 한다고 생각하게 된 계기를 만들어 주는 나만의 한 문장이었다. 자신의 생각과 마음이 바뀌면 같은 것을 바라보아도 다른 관점으로 바라보게 되고 다른 관점이 혜안을 만들어 통찰력과 지혜를 만든다고 한다. 즉, 세상이 바뀌어야 자신이 바뀌는 것이 아니라 내가 바뀌어야 세상이 바뀐다는 것이다. 가장 먼저 내가 생각한 일은 나의 역량을 개발하기 위해서 지금 하는 일의 목적과 본질, 필요한 역량이 무엇인지를 가장 먼저 파악하는 것이었다. 당시 나는 마케팅 분야에서 근무하고 있었다. 기본서, 입문서, 개론서라는 것들은 모두 읽어야겠다고 생각했다. 그런데 속도가 너무 더딘 것 같았다. 속독도 안 되고 속독을 해서 책을 읽으면 내게 남는 것이 없다는 것을 깨달았다. 그래서 기획 독서를 하기로 마음먹었다. 내게 필요한 역량을 가장 먼저 파악하고자 했다. 생각의 결론은 차별화, 콘텐츠, 창의력, 아이디어를 얻는 방법 등으로 결론지었다. 빨리 읽고 많이 읽는 것은 내 역량 개발에 도움이 되지 않는다는 것을 깨닫고는 한 권의 책을 잘 읽어내는 데집중하려 했다. 조선의 성리학자 율곡 이이는 자신의 저서 〈격몽요결〉에서 "글을 읽을 때는 반드시 한 권의 책을 숙독하여 뜻을 모두 알아내고 꿰뚫어 의심이 사라진 다음에야 다른 책으로바꿔 읽어야 한다. 많이 읽기를 욕심내 바삐 책장을 넘겨서는 안된다."라고 권했다. 나는 이이의 명언을 목적으로 삼고 독서를 했다. 이길 수 없을 것 같을수록 책에 매달렸다. 해고되지 않을 만큼만 열심히 일하고, 일을 그만두지 않을 정도의 열정으로만 일하는 것에 지친다고 생각이 들수록 책에 매달렸다. 업무와 관련된 책만 읽다가 지루해질 때는 내가 읽고 싶은 책을 선택해서 읽었다. 시간이 지나고서야 알게 된 사실은, 직무와 관련된 분야가 아닌 책을 읽어도 결국 하나로 연결된다는 것을 느꼈는데 이는 스티브 잡스가 스탠포드 대학교에서 졸업생들을 대상으로 한연설 내용과 비슷하다는 것을 후에 알 수 있었다. 스티브 잡스는"내가 지금 한 일이 인생에 어떤 점을 찍는 것이라고 한다면 미래에 그것들을 어떻게 이어질지는 예측할 수 없다. 그러나 10년이 지난 후 돌이켜 보니 그 점들은 이미 모두 연결되어 있었다."

라고 말했다. 스티브 잡스의 연설 중 한 문장이었던 이 내용은 내가 다른 분야의 책을 읽어도 시간 낭비라고 생각이 들지 않게 만들었다. 독서를 하면서 막연한 꿈을 꾸지는 않았다. 그저 현재보다 나아지는 내일의 나를 상상했고 지금보다 조금 더 수월하게 업무의 성과를 내는 것에 목표를 두었다. 이러한 목적을 갖고 독서를 하니 책을 그냥 읽었을 때보다 책을 한 권, 한 권 선택할 때도 신중해지는 것은 물론이고 독서가 재미있어졌다는 것이 내게 가장 큰 변화였다. 책을 읽기 전에는 몰랐던 사실을 독서를 통해 얻을 수 있다는 것이 신기하면서 재미가 있었다. 내가 회사 생활을 가능하게 해준 것은 90%가 책에서 얻은 것이라고 해도 이상하지 않다. 나와 같은 직무를 했던 사람들이 낸 책에서 조언과 충고와 지식과 간접 경험을 얻을 수 있었으며 비결을 얻기도 했다. 기획 독서를 실천하고 책에 매달릴수록 나는 쳇바퀴만 돌던 햄스터에서 벗어나고 있다는 느낌을 얻었다. 현실적으로 회사를 그만둘 수 없는, 또는 나같이 직장 생활이 쳇바퀴를 도는 것에 불과하다고 느끼는 당신이라면 가장 먼저 독서를 해라. 현실에서 벗어난 듯 현실에서 작은 기쁨과 쾌감과 성취감, 뿌듯함, 소소한 행복까지 모두 누릴 수 있다. 인제 그만 현실에서 도망치려 하지 말고 번아웃 증후군부터 벗어던지자. 가장 빠르고 쉽게 현실을 바꿀 수 있는 것은 자기 생각에서부터 시작된다.

이 시대의 경쟁력

> 남들보다 더 잘하려고 고민하지 마라.
> 지금의 나보다 잘하려고 애쓰는 게 더 중요하다.
>
> – 윌리엄 포크(William Polk, 1806~1807)

1980년대에 산업 혁명과 함께 정보화 시대가 시작되었다. 정보화 사회 다음을 지능정보화 시대라고 말한다. 지능정보화란 인공지능(AI) 시대를 말한다. 우리는 여전히 과잉정보 사회에서 살고 있기 때문에 정보화 사회가 사라졌다고 말할 순 없다. 이 시대에 우리는 진짜와 가짜를 구분할 줄 아는 눈이 필요하다. 그것이 경쟁력이다. 진짜와 가짜를 구분할 줄 아는 식견을 키우는 데는 독서만 한 것이 없다. 경쟁은 무조건 나쁜 것만은 아니다. 경쟁은 발전하고 한 걸음 나아가는 데에 원동력이 되기도 한다. 그러니 마이크로소프트의 빌 게이츠는 애플, 구글, 그외 소프트웨어 기업들이 있어서 우리는 망하지 않는다는 말을할 수 있었다. 사람들은 대부분 나와 비슷한 처지에 놓인 사람들을 의식하고 경쟁하려 하지 나와 누군가의 차이에 틈새가 클수록 비교하지 않는다. 전지현을 보고 예쁘다고 하지만 질투하진 않는 것이다. 간극이 크기 때문이다. 그러나 한국에서의 경쟁은 부정적인 측면이 더욱 많다.

우리는 누구보다도 치열한 경쟁 사회에서 살고 있다. 한국에서의 경쟁은 긍정적 효과만을 보여주지는 않는다. 치열한 입시 경쟁만 보아도 치열하지 않은 곳이 없다. 우리는 모두 입시 경쟁을 거쳐 성장하기 때문에 어쩌면 경쟁에 누구보다도 특화되어 있다고 볼 수 있다. 자랑이 아니라 부끄러운 현실 교육의 얼굴이다. 특히 한국 교육에서 행복은 성적순이라는 말도 있다. 이러한 말도 안 되는 무한경쟁은 자살을 부추기고 정신병을 불러일으키기에 적격이다. 과도한 경쟁이 우리의 생명력을 앗아가고 있다. 나는 무한경쟁에서 벗어나 나만의 삶을 살고 내 안의 중심점을 세워 살기를 노력한다. 경쟁은 누군가를 밟고 일어서는 것이 아니다. 경쟁은 협력이다. 서핑선수 출신인 스포츠 심리학자, 마이크 제바이스(Mike Gervais)는 "경쟁이라는 단어는 라틴어에서

왔다. 말 그대로 옮기면 함께 노력한다는 뜻이다. 어원에는 다른 사람을 패배시켜야 한다는 뜻이 전혀 없다. 그래서 협력이 곧 경쟁이다."라는 말을 했다. 이 말이 경쟁을 누군가를 이기거나 앞서기 위해서 서로 다투는 것만을 의미하지는 않는다는 사실을 잘 뒷받침해주고 있다.

그렇다면 경쟁력이란 무엇일까? 말 그대로 경쟁에서 살아남을 수 있는 능력(能力)을 말한다. 능력(能力)은 한자로 풀이해보자면 일을 감당해 내는 힘을 뜻하기도 한다. 이 문장을 그대로 받아들여 보자. "일을 감당해 내는 힘", 내가 일을 어떻게 감당해 나갈지에 대해서 힘을 내어 찾아보는 것이다. 독서가 경쟁력이 된다는 것을 처음 느꼈던 곳은 독서 모임에 참가했을 때다. 독서를 좋아하고 즐기고 책을 사랑하는 사람들을 만났던 곳은 모임에 참여했을 때뿐이었는데 모임을 다니면서 느꼈던 것은 독서를 하지 않는 사람들은 더욱 독서를 하지 않는다는 사실이었다. 이것이 바로 남과 다른 나만의 경쟁력이다. 지난 한 해 국내에서 어른 1명이 읽은 종이책 양은 평균 6.1권. 2017년보다 2권 넘게 줄었다. 문화체육관광부는 만 19살 이상, 국내 성인 6천 명과 4학년 이상 초등생, 중고교생 3천 명을 대상으로 벌인 '2019년 국민 독서실태 조사' 결과를 발표했다. 자료를 보면, 2018년 10월 1일부터 지난해 9월 30일까지 성인의 연간 종이책 독서율은

52.1%, 연간 독서량은 6.1권으로 나타났다. 2017년에 비해 7.8%포인트, 2.2권으로 감소했다. 이에 비해 전자책 독서율은 성인 16.5%, 학생 37.2%로 2017년보다 성인 2.4%, 학생 7.4%포인트 늘어났다. 조사에 응한 전체 성인이 종이책, 전자책을 합쳐 평일 읽은 평균 독서시간은 31.8분으로 추산됐다. 2017년보다 8.4분 늘어난 수치로 30분을 넘긴 건 2010년(32분)에 이어 두 번째다. 초중고생의 종이책 연간 독서율은 90.7%, 독서량은 32.4권으로 나왔다. 2017년에 비해 독서율은 1%포인트 감소했으나 독서량은 3.8권 증가했다. 처음 통계를 낸 지난해 오디오북 독서율은, 성인 3.5%, 초중고 학생 18.7%로 파악됐다. 즉 종이책 독서량이 2권 넘게 줄었는데 반해 독서시간은 오히려 8.4분이 늘어났다는 사실을 알 수 있다. 이 통계로 독서하는 사람들은 더 많은 책을 읽고 있다는 사실을 보여준다. 독서를 계속해서 해오던 사람들은 더 많은 책을 읽는 것이다. 이러니 독서가 경쟁력이 될 수밖에 없다. 왜냐고? 남들은 책을 읽지 않는다.

책을 읽는 사람이 많지 않다는 것 자체가 내게는 기회가 된다. 책을 읽지 않는 사람이 많으니 나는 그들과 다른 생각을 쉽게 얻을 수 있고 더 많은 아이디어를 가질 수 있다. 독서가가 소수이기 때문에 나는 책 읽기만으로 소수가 될 수 있다. 여기서 효율적인 독서로 이어지게 된다면 나만의 경쟁력을 가지는 것은 더욱 쉬워질 것이다. 이미 독서가였던 사람들은 더 많은 독서를 하고 책을 읽지 않는 사람은 책을 더욱 읽지 않는 문화가 되어 버렸다. 이제 우리는 독서가 경쟁력이 되는 시대에 살게 됐다. 정보 과잉 시대에 살면서 많은 사람이 더욱 똑똑해져 간다. 모르는 것이 있으면 스마트폰으로 검색만 해도 바로 찾아낼 수 있는 세상에 살고 있기 때문이다. 그러나 깊이와 넓이는 없다. 그래서 우리는 독서로 깊이와 넓이와 사색으로 인한 나만의 생각하는 힘을 키우는 것이다. 독서가 경쟁력이 된다는 이야기를 어렸을 때부터 한 번쯤 들어보았을 것이다. 그러나 이를 행동으로 옮기는 사람은 흔하지 않다. 생각하는 힘은 독서가 만들어 준다. 생각은 최고의 경쟁력이다. 나는 1년에 천 권 읽기, 매일 매일 1시간씩 독서하기 등을 말하지 않는다. 1년에 세 권을 읽어서 깨달은 것이 있으면 그것이 현명한 독서다. 그것을 내 것으로 만들어 나만의 경쟁력을 만들자.

송나라 왕안석이 쓴 권학문(勸學文)에는 "가난한 사람은 책으로 부자가 되고(貧者因書富) 부자는 책으로 귀하게 된다(富者因書貴)."라는 말이 있다. 내가 소수가 되고 그 소수 안에서도 살아남을 방법은 독서뿐이다. 그래서 독서의 가치를 아는 사람이 책에만 매달리는 경우도 보았다. 오죽하면 대기업에서 독서 경영을 하고 임원이나 직원들에게 책 좀 읽으라며 강요하겠는가. 똑똑한 사람은 차고 넘치는 와중에 우리가 그들을 이기는 방법은 독서로 얻는 창조적 능력이다. 독서는 나만의 경쟁력이 되어준다. 남들이 똑같은 생각과 아이디어를 내놓을 때 나는 남들과 다른 것을 찾으려 애썼다. 남들은 인터넷에서 찾아온 똑같은 답만을 내놓는다. 나의 선택은 늘 책이었다. 그중에서 나는 다른 분야의 책을 읽으며 아이디어를 얻으려 노력했다. 인터넷은 정보와 지식이 넘쳐난다. 물론 책 한 권에서 얻을 수 있는 것들이 인터넷이 훨씬 더 많다. 그러나 깊이가 없다는 것이 가장 큰 차이다. 그리고 가짜가 넘쳐나는 사실도 많은데 이를 구분하지 못하는 사람들이 많아 잘못된 상식들이 일반화되기도 한다. 남들은 읽지 않는다. 그러니 내가 독서를 하는 것으로도 이미 경쟁력을 갖기에 충분하지 않은가. 잘못된 오류를 들이밀며 일을 성사시킬 수는 없다. 하지만 내가 독서로 얻은 깊이와 넓이는 모든 분야에서 적용할 수 있으며 평생 내 것이 된다는 장점까지도 있다. 나를 잘 아는 사람이 뭐라고 하던 난 평균 이하였고 지금은 평균 이상에 다다르게 됐다고 자신 있게 말한다. 그 과정엔 오직 독서뿐이었다. 자신을 압박하지 않되 나만의 경쟁력을 갖기 위해 독서하라. 책은 정말 재밌다. 볼만한 책도 많다. 독서를 하다 보면 신기한 사람도 많고 재밌는 사람도 많다. 지금 당장 한 권 가볍게 만나보는 것에서부터 시작하자. 경쟁력을 갖고 싶다면 현재 나의 업무와 관련된 책부터 선택해 독서를 시작하자. 한 자 한 자 눈으로 눌러 읽어가며 필요는 없다. 한 권을 다 읽게 된다면 당신은 다음 책이 또 읽고 싶어지게 될 테니 말이다.

독서와 글쓰기

> 독서는 완성된 사람을 만들고, 담론은 재치있는
> 사람을 만들며, 필기는 정확한 사람을 만든다.
>
> — 베이컨

　독서와 글쓰기는 떼려야 뗄 수 없는 관계다. 독서에서 절대 빠질 수 없는 것. 읽고 쓰기는 하나라고 봐야 한다. 독서를 하고 나면 메모 한 줄이라도 남겨야 온전하게 내 것이 된다. 참신기한 사실이 하나 있다. 독서 습관을 생성하고 나면 글이 쓰고 싶어진다. 반대로 글을 쓰려고 하면 쓸 것이 없어서 읽을거리를 찾게 된다. 아는 게 없으니 쓸 거리가 없다. 그래서 우리는 읽는다. 책을 읽고 나서 단 한 줄이라도 글쓰기를 해보자. 운동이

끝난 뒤에 먹는 것까지가 운동이라고 말한 가수 김종국의 말처럼 책을 모두 읽고 덮고 나서 내 생각을 쓰기로 정리하는 것까지가 독서라고 말할 수 있다. 쓰기는 뇌의 사령탑을 활성화할 뿐만 아니라 사색하는 데 쓰기만 한 것이 없다.

  미국의 프린스턴 대학교와 캘리포니아 대학교 로스앤젤레스 캠퍼스(UCLA)에서 대학생을 대상으로 함께 연구한 것이 있다. 평소에 강의를 손으로 필기하는 학생과 노트북이나 태블릿으로 입력하는 학생을 놓고 비교 연구를 한 것이다. 그리고 성적과 학습력을 비교해보았다. 그 결과 손으로 필기하는 학생이 훨씬 좋은 성적을 받았다고 한다. 또 손으로 필기한 학생들은 오랫동안 그 내용을 기억하고 있었고 또한 새로운 아이디어를 잘 내는 경향이 있음이 밝혀졌다고 한다. 또 다른 연구 결과도 있다. 노르웨이의 스타방에르 대학교와 프랑스 마르세유 대학교에서 진행한 공동연구에 따르면 내용을 손으로 쓰는 것이 더 오래 기억에 남는다는 연구 결과가 나온 실험이 있었다. 먼저 연구진들은 학생들을 손으로 쓰는 그룹과 타이핑하는 그룹으로 나누었고 학생들에게 20개의 알파벳 문자를 암기하게 했다. 3주, 6주 후에 학생들이 얼마만큼 잘 기억하고 있는지를 시험했는데 손으로 직접 필기한 학생들이 높은 성적을 받았다고 한다. 손으로 쓰기를 했을 때 뇌의 브로카 영역이 활성화됐다고 한다. 브로카란 뇌에서 '언어' 처리에 관여되는 부위이다. 언어의 생성, 표현, 구사 능력을 담당하는 부분을 브로카 영역이라고 한다. 즉 손으로 직접 쓰는 것이 브로카 영역을 활성화해서 표현하고 구사하는 능력에 도움을 준다는 것이다.

나는 어렸을 때부터 독서 습관이 잡혀 있었는데 글쓰기를 좋아하지는 않았다. 그러나 성인이 되고 나서 언제부턴가 책을 읽고 나면 한 줄이라도 쓰고 싶은 마음이 생겨나기 시작했다. 글쓰기는 깊이 있는 생각을 하게 만들어 준다. 그리고 내가 쓴 글을 나중에 다시 꺼내어 읽어보았을 때는 더욱더 깊은 사색을 하게끔 도와줄 것이다. 글쓰기라는 습관이 형성되고 나서부터는 문득 그런 생각이 들었다. 어떤 책에서 본 내용인데 과거에 우리 선조들은 시험을 치르기 위해서는 글을 써야 했다. 그것이 과거시험이었다. 주제를 하나 던져주고 그에 대해 평소에 공부했던 지식이나 정보들을 글로 쓰거나 비판하는 글을 쓰는 것이 과거시험이었다고 하는데 나는 이 사실을 알고 나서는 놀라움을 감출 수 없다. 조선 시대 때부터 이미 글쓰기의 위엄을 잘 알고 있었다는 것이다. 독서 습관과 글쓰기 습관은 그 사람의 지식이나 지혜를 만들어 주는 데 큰 도움이 된다. 독서 자체도 버거운데 글쓰기까지 하라니 말이 안 된다 생각할 것이다. 매일 짧은 글이라도 조금씩 쓰는 것이 깊이 있는 생각을 하게 됐다는 연구 결과도 있듯이 긴 글을 말하는 것이 아니다.

내가 다이어리에 썼던 글을 몇 개만 보여주겠다. '2008년 1월 29일 나는 왜 몰입할 수 없을까? 내가 몰입해야 하는 곳은 어디일까? - 황농문의 몰입을 읽고.', '2020년 8월 19일 내 시간이 거꾸로 간다면 가장 먼저 걱정될 일. 가족, 친구, 애인 - 벤자민 버튼의 시간은 거꾸로 간다를 읽고.' 이렇게 짧은 글을 썼다. 황농문의 〈몰입〉이라는 책을 읽고는 다시 내게 되물었다. 내가 몰입하고 집중해야 할 것은 무엇일까? 하면서 말이다. 그리고 나는 사색에 빠진다. 더 깊이 생각하게 되는 것이다. 이것이 바로 독서 후 글쓰기다. 독서 후 글쓰기는 대단한 것이 아니다. 어려운 것도 아니다. 그저 몇 글자만 끄적이는데도 나를 사색하는 사람으로 만들어 줄 수 있다. 사람들이 글쓰기를 하지 않는 이유는 쓸 주제가 없기 때문이다. 어떤 주제를 써야 할지도 모르고 글을 써서 보여줄 사람이 없다고 생각하거나 글쓰기를 하지 않던 사람들이 갑자기 글쓰기를 하게 되면 낯선 부끄러움도 느낄 것이다. 글을 써 본 적이 없기 때문이다. 독서나 글쓰기는 가랑비에 옷 젖듯 서서히 내게 다가올 것이다. 가랑비에 옷을 젖게끔 하는 것은 내가 지금 당장 시작하는 것이다. 지금 당장 장바구니에 담아뒀던 책을 결제하거나 지금 당장 서점을 가서 평소 관심 있던 분야의 책을 구매하자. 이때 예쁜 노트도 함께 구매하는 것이 지금 당장 시작할 방법이다. 꼭 노트가 필요한 것은 아니다. 스마트폰 메모로도 충분하다. 그러나 정말 이 글을 읽고 당신이 제대로 시작해보고 싶다는 생각을 했다면 나는 직접 손으로 쓰는 글을 추천한다. 점점 세상이 스마트화되어가면서 연필을 잡고 끄적이는 일이 흔치 않아졌다. 그래서 나는 펜을 잡고 움직이던 어렸을 때의 감성도 함께 느낄 수 있도록 직접 펜을 잡고 끄적이는 글쓰기를 하라고 말해주고 싶다. 이 책을 읽고 있는 당신이 마지막 장을 덮고 쓸 수 있는 글은 무한할 것이다. 예를 들어보겠다. '2000, ○○월 ○○일 난 왜 그동안 독서하는 습관을 가까이하지 않았을까 생각해보게 된다.', '요즘 내가 관심이 있는 분야의 책 한 권부터 선정하기' 이처럼 계획을 적어도 좋다. 글쓰기가 어렵다면 한없이 어렵게 느껴지겠지만 우리는 대단한 것을 시작하려는 것이 아니다. 단지 책을 읽고 한 줄 끄적이기부터 시작할 것이다. 독서와 글쓰기는 비슷한 점이 많다. 즉각 효과를 보지 못하는 것부터 그렇다. 독서를 한다고 해서 밥을 먹은 직후 배가 부른 것처럼 즉시 효과를 볼 수는 없다. 글쓰기도 마찬가지다. 지금 내가 감상문을 장황하게 A4 한 페이지를 빼곡하게 썼지만 내가 지금 당장 얻을 수 있는 것은 아무것도 없게 느껴질 것이다. 그러나 우리는 나무를 보지 않고 숲을 보기 위해 독서를 하고 글쓰기를 하는 것이다. 하루살이 인생이 아니라 우리는 수십 년을 살아야 하므로 멀리 볼 줄 아는 눈이 필요하다. 숲을 보고 멀리 내다볼 줄 아는 식견을 가지기 위해 우리는 독서를 하고 글쓰기를 해야 한다. 이 책을 읽고 있는 당신도 이 책을 쓰고 있는 나도 더는 눈앞에 있는 마시멜로만 바라보는 어린아이가 아니다. 글쓰기를 시작하자. 아 물론 '독서와 글쓰기'라는 이 파트는 너무 무겁게 받아들이지 않기를 바란다. 이 글을 모두 읽었음에도 글쓰기가 어렵게 느껴진다면 가볍게 읽고 넘어가도 상관없다. 언젠가 당신은 독서 습관이 형성되고 나면 글쓰기가 하고 싶어 손이 근질거릴 테니까.

독서로 얻는 능력

"책이 없다면 인간은 값비싼 시계를 차고 브랜드 선글라스를 낀 원숭이보다 나을 게 없을 것이다. 책, 언어 이야기가 있기에 인간은 다른 동물들보다 고등한 존재로 격상될 수 있는 것이다. 책은 우리가 도달할 수 없는 지향점을 갈망하게 한다. 책은 우리가 위대함을 향해 걸어갈 수 있도록 방향을 설정해준다."

– 제이슨 머코스키(Jason Merkoski)

독서로 얻을 수 있는 능력은 앞서 다양한 이야기로 들려 주었다. 그 외에 독서로 얻을 수 있는 무한한 것들에 대해 조금 더 자세히 짚고 넘어가고자 한다. 독서로 얻을 수 있는 능력은 많다. 간단하게만 나열해도 수백 가지다. 공감 능력을 얻을 수 있고 어휘력과 사고확장에 도움이 된다. 통찰력을 얻을 수 있고 인생의 방향성을 알려주며 겸손해지고 의욕이 생기게끔 도와준 다. 스트레스 해소에 도움이 되고 우울증 개선 효과에도 도움이 된다. 호기심이 왕성해지고 세상을 바라볼 수 있는 관점 하나를 추가할 수 있다. 뇌 활성화를 통해서 알츠하이머를 예방해주고 폭넓은 지식을 습득할 수 있으며 집중력을 높여주고 다양한 아이디어를 선물하며 나만의 의견을 가질 수 있게 된다. 이 외에도 수많은 장점이 있는 것이 독서다.

첫 번째로 내가 가장 좋아하고 이해되는 것은 인생의 방향성을 알려준다는 점이다. 그렇다면 인생의 방향성을 어떻게 책에서 얻을 수 있을까? 이는 책을 좀 읽어본 독서가라면 바로 이해할 수 있는 부분일 것이다. 책은 방향성을 알려준다. 앞서 나는 우울증을 심하게 앓았다고 말했다. 내가 병원에 갈 수 있게끔 치료를 받고 우울증에서 벗어나 살아야겠다는 생각을 만들어 준 것은 책이었다. 제일 처음 병원에 가야겠다는 것을 여러 권의 책을 읽고 알게 되었다. 병원에 가서 약을 먹고 치료를 받았다. 그다음이 문제였다. 책에서 방향을 찾기로 마음먹었다. 책이 말했다. 약을 먹으면서 스스로 노력할 수 있어야 한다고. 나는 약에만 의존하지 않기로 했다. 책이 알려주는 방법대로 자존감을 높이는 방법을 따라도 해보고 자신감을 가질 수 있는 방식 역시 따라 하며 나는 그렇게 조금씩 성장해나갔다. 현재는 자존감과 자신감이 예전과 비교해 많이 향상됐다. 이 모든 것을 나는 책에서 배웠다.

두 번째로는 공감 능력이다. 독서를 하면 공감 능력을 얻을 수 있다. 그런데 누군가 내게 물었다. 공감 능력을 왜 가져야 하느냐고. 남을 꼭 공감해야만 하느냐고 물었다. 공감이란 무엇인지부터 짚고 넘어가자. 공감이란 감정이입 또는 다른 사람의 준거 기준 내에서 경험한 바를 이해하고 느끼는 능력을 말한다. 다양한 감정 상태를 아우르는 감정이입(공감)은 인간에게 꼭 필요하다. 나는 타인을 공감하기 위해서만 책을 읽는다고 생각하지도 않는다. 나 자신을 공감하는 것 역시 책에서 얻을 수 있는 능력이다. 나 자신을 인정하고 공감하고 나 자신과 대화할 방법을 독서를 통해 배울 수 있다. 인간은 사회적 동물이다. 태어나서 죽을 때까지 남과의 교류가 없이는 절대 살아갈 수 없다. 그런데 공감 능력이 부족하고 대화 능력이 부족하다고 했을 때 얕은 관계인 대인관계에서도 스트레스를 받을 수 있다. 다른 사람을 이해하고, 공감하고 다른 사람의 관점에서 세상을 보는 능력이 생기면 내게도 도움이 된다. 이러한 공감 능력은 보통 소설을 읽으며 얻을 수 있다고 한다. 소설을 읽으면 감정이입이 되고 타인의 처지에서 생각해보기도 하면서 공감 능력이 생긴다. 캐나다 요크 대학 심리학자 레이몬드 마르는 한 연구를 했다. 책을 잘 읽는 사람은 공감 능력이 높고 자신과 다른 의견이나 신념을 관대하게 받아들일 수 있다고 했는데 그중에서도 소설을 많이 읽는 사람이 공감 능력이 뛰어났다고 한다. 소설의 내용을 이해하기 위해서 뇌의 상당한 부분들이 중첩되어 움직이고 주인공의 생각과 느낌을 알아내기 위해서 노력하는데 이로 상호작용이 증가하게 되는 것을 확인할 수 있었다고 한다. 공감 능력이 뛰어날수록 세상을 바라볼 수 있는 관점 하나를 더 얻을 수 있다. 그것이 통찰력과 지혜다. 똑똑한 사람은 되기 쉬워도 지혜로운 사람이 되기는 쉽지 않다. 책 한 권을 읽고 얻는 지혜와 책 100권을 읽고 얻는 지혜의 질은 다를 수밖에 없다. 독서하는 행위는 나 자신을 알고 남을 알고 세상을 알아가는 과정이다. 공감 능력을 키워서 남과의 대화 능력을 키우고 나 자신을 이해하는 능력을 키워보자.

세 번째로는 겸손함을 얻을 수 있다. 그렇다면 사람은 왜 겸손해야 하는가? 겸손하지 못하고 거만한 사람은 타인들과의 조화를 이루지 못한다. 또 겸손한 사람은 더 높이 성장할 수 있다. 겸손해지면 다른 사람의 존중을 받을 수 있다. 제임스 M.베리는 "인생은 겸손에 대한 오랜 수업이다."라고 말했다. 쥘 르나르는 "겸손해져라. 그것은 다른 사람에게 가장 불쾌감을 주지 않는 종류의 자신감이다."라는 말을 했다. 인간관계에서 겸손은 빠질 수 없다. 거만한 사람들이 반감을 사는 이유는 상대와 같은 곳을 바라보지 않기 때문이다. 사람은 거만하고 교만한 사람을 좋아하지 않는다. 나는 어디에서도 자기 자랑을 늘어놓고 겸손하지 못하며 거만한 사람을 좋아하는 사람을 본 적이 없다. 사람은 거만한 사람을 피한다. 겸손이 없으면 만남이 관계로 이어질 수 없다. 지나친 겸손은 나쁘지만 적당한 겸손은 나를 더욱 높이 세워준다. 겸손은 마냥 나 자신을 낮추는 것이 아니다. 그저 나 자신을 낮추기만 하는 것은 자존감이 없는 것이다. 겸손은 상대와 동등한 위치에서 관계를 시작하려는 의지를 말한다. 그래서 리더들에게 더욱 겸손해지라는 내용의 책들이 많은 것 같다.

네 번째는 폭넓은 지식을 습득할 수 있다는 점이다. 나는 이 점이 독서의 가장 큰 효과라고 생각한다. 지적 성장을 위해서는 직접 경험하는 것이 가장 좋다. 그러나 우리는 살아가면서 모든 일을 직접 경험할 수 있는 것의 한계가 있다. 아침부터 밤까지 일하는 사람들에게는 더욱 말이 안 된다. 그러나 나보다 더 먼저 경험한 사람들로부터 간접적인 경험을 얻을 수 있다. 다른 사람의 삶을 엿보는 독서 행위로 내 삶에 반영시켜볼 수 있다. 예를 들면 여행서 같은 것이다. 로마에 가고 싶은 나는 직접 갈 시간과 비용이 부족하다고 생각해보자. 이미 로마에 다녀온 사람은 책을 냈을 것이고 로마에 관련된 책을 여러 권 읽으면 로마에 대한 지식과 정보를 한가득 얻을 수 있다. 이는 나의 지식이 된다. 간접적으로 얻은 로마에 관한 지식과 정보가 나를 더욱 간절하게 만들어 나도 반드시 로마에 가겠다며 목표를 설정할지도 모른다. 그럼 나중에 직접 행동으로 옮기게 되는 날이 올 것이다. 이처럼 폭넓은 지식을 습득함으로써 내게 더 많은 경험과 목표 설정을 만들어 준다. 마케팅 부서에서 일할 때 나는 역사와 리더들이 쓴 책들을 많이 읽었다. 리더들이 쓴 책을 읽은 이유는 그들의 경험이 간접적으로나마 내가 필요로 했기 때문이다. 내가 경험해보지 못한 분야를 이미 경험한 사람들이 쌓은 지식을 우리는 책으로 얻을 수 있다. 이것이 얼마나 고마운 일인가. 다양한 장르의 책을 읽을수록 더 폭넓은 지식을 얻을 수 있다. 멀리 떨어져 보이는 점들이 나중에는 하나의 선으로 연결되어 내게 필요한 정보와 지식이 된다. 지금 당장 책을 읽자. 한 권의 독서로 사람의 생각이 바뀌게 된다. 타인을 공감하고 타인과 대화 능력을 키우며 나 자신의 감정을 공감하며 인생의 방향성을 책에서 얻자. 내가 언급한 이 여러 가지 효과 중 당신이 가장 원하는 것이 무엇인지 생각해보라. 그리고 그 분야의 책을 찾아 독서를 시작하자. 독서에 늦을 때란 없다. 지금 당장 한 권의 책으로 시작하면 된다.

이 시국, 독서의 시간

> 희망은 어떤 상황에서도 필요하다.
>
> – 영국 시인, 사무엘 존슨

2019년 12월 코로나바이러스가 발생했다. 2020년 1월 세계보건기구는 국제적 공중보건 비상사태를 선언했다. 코로나19는 무서우리만큼 빠르게 전 세계로 퍼지기 시작했고 많은 생명을 빼앗아 갔다. 단시간에 퍼진 바이러스는 전 세계인들의 삶의 방식을 한순간에 바꿔놓았다. 코로나바이러스로 인해 세계는 사회적으로나 경제적으로의 영향이 막대한 손실을 봤다. 수많은 행사가 줄줄이 취소되었고 공황 구매(패닉 바잉panic buying이라고도 한다, 가격 상승과 물량 소진 등 불안으로 가격과 상관없이 생필품이나 주식, 부동산 등을 사들이는 일)로 인해 공급 단절이 발생하는 일까지 있었다. 더 나아가서는 중국인을 비롯한 동아시아인들에 대해 외국인 혐오증(Xenophobia)과 인종 차별까지 일어났었다. 많은 이들을 두려움에 떨게 한 코로나바이러스로 인해 대한민국은 사회적 거리 두기와 마스크 착용이 필수로 강조됐다. 사회적 거리 두기로 인해 24시간 불이 꺼지지 않던 도시는 어둡고 조용해졌었다. 나는 지금의 우리를 고립됐다고 말하고 싶다. 우리는 고립됐다. 습관과도 같았던 밤 산책을 하지 않은지도 꽤 오래됐다. 1년에 한 번씩 해외여행을 하던 생활도 하지 못하고 있다. 자주 하던 외식도 배달을 시켜 먹는 일로 바뀌었다. 공장도 회사도 사람들의 일상까지 모든 것을 멈추게 했었다. 꽃 피는 봄에는 벚꽃놀이도 할 수 없었고, 여름에는 바닷가에서 시간을 보내지도 못했으며, 가을에 단풍놀이를 위해 등산조차 하지 못했다. 당연하다고 생각했던 것이 당연하지 않게 됐다. 인터넷 뉴스 기사나 사람들의 댓글을 볼 수 있는 곳에서 많은 사람이 같은 이야기를 했다. '여행 가고 싶다', '놀러 가고 싶다', '떠나고 싶다' 등이다. 지금 있는 곳에서부터 벗어나고 싶다는 의미일 것이다. 생각지도 못한 코로나19 바이러스로 인해 당연한 것 같던 일상생활을 모두 멈추어야 했다. 시간이 길어질수록 사람들은 점점 지쳐갔다. 사람들은 코로나19 바이러스가 시작되고 외출이 줄어들면서 여가 생활로 집에서 할 수 있는 것들을 많이 찾았다고 한다. 인간은 적응하는 동물이라고 했던가. 사람들은 집에서 할 수 있는 새로운 무언가를 또 찾고 있다. 코로나19 바이러스가 퍼지면서 유튜브 채널 시청자는 급격히 증가해 월 1.78억 시간이나 늘었다고 한다. 상반기 스마트폰 영상 이용도 전년 동기보다 31%나 증가했다(모바일데이터분석플랫폼, 앱애니 2020년 2분기 모바일 시장 수치 조사)고 하니 이미 집에 있는 시간이 모든 이들에게 더 증가했을 것이다.

뻔하다고 생각하겠지만 나는 이렇게 말하고 싶다. 지금 이 시국, 바로 독서를 해야 할 시기다. 이제는 위드 코로나 시대다. 감기처럼 우리가 이제는 안고 가야 할 문제라는 것이다. 대략 2년여 동안 우리는 억눌려 살았다. 이제는 다시 일어설 힘을 가져야 할 때다. 위드 코로나 시대가 되면서 우리는 다시 일어설 힘을 책에서 얻어야 한다고 믿는다. 독서하기에 현재는 최적인 환경이라고 말하고 싶다. 서점은 한산하지만, 출판업계는 활기를 띤다는 인터넷 기사를 보고 내심 다행이라고 생각했다. 위드 코로나면서 여전히 원격 수업과 온라인으로 출근하는 회사들이 있다. 하루는 초등학생인 조카에게 학교에서의 하루를 물었다(내 조카는 지방에 살고 있어 이때 등교 후 단축 수업으로 진행되고 있었다). 등교 시간은 학년마다 달라지고 쉬는 시간이나 점심시간에는 자리에 앉아 독서를 한다고 했다. 집에서 읽고 싶은 책이 있으면 가져오고 아니면 학교에 구비된 책으로 독서를 하게 하는 것이다. 나는 이 이야기를 듣고 책이 있어 다행이라는 생각을 했다. 성인이라고 다를 것이 없다. 이럴 때일수록 학생이든 성인이든 독서를 통해 생각하는 힘을 키우고 내면을 성장시킬 수 있는 기회로 삼아야 한다. 한창 공부에 집중하고 있을 10대 청소년들 역시 독서에 집중해야 할 때다. 당장 오늘부터 독서 습관을 길들이기에도 좋고 전자책 단말기를 사서 전자책을 읽어도 좋다. 독서에 집중하면 현재 우리가 겪고 있는 우울한 상황에서 잠시나마라도 벗어날 수 있다. 독서를 통해 현재의 변화를 긍정적으로 받아들일 수 있는 생각하는 힘을 기르자. 새 책을 구매하는 것이 부담된다면 중고 서적으로 구매할 수 있고 도저히 그마저도 책을 살 수 없다면 도서관에서 빌려보면 된다. 오랫동안 휴관을 하던 도서관도 위드 코로나 시대가 오면서 조금씩 문을 열고 있다. 주변 친구들이나 지인들에게 빌려보아도 좋다. 책을 읽지 않는 사람도 집에 굴러다니는 책 한 권쯤은 있을 것이다. 영국의 역사가였던 토마스 풀러는 "닫혀있기만 한 책은 블록일 뿐이다."라고 말했다. 지금 우리는 책꽂이에 꽂아놓고 먼지만 가득 쌓아놓은 블록을 꺼내 독서를 해야 할 때다.

내가 다니던 회사는 굉장히 고지식한 회사였다. 놀랍게도 코로나19 바이러스로 인해 수십 년 만에 처음으로 재택근무를 시작했다. 재택근무에서 출퇴근으로 다시 전환되고는 회사 사람 몇 명과 티타임을 가졌다. 재택근무를 하면서 집에서 무얼 하면서 시간을 보내느냐고 물었다. 다양한 대답들이 돌아왔는데 놀라운 것은 생각보다 많은 사람이 독서를 하고 있다는 것이었다. 내가 책을 좋아하고 독서를 많이 한다는 사실을 회사 사람은 잘 알고 있는데 언제부턴가 정말 많은 사람이 내게 책을 추천해달라는 말을 꺼내기 시작한 것이다. 책을 읽어본 적 없는데 요즘 독서를 좀 해볼까 한다며 어떤 책부터 읽어야 하냐는 것이었다.

나는 책 추천을 잘 해주지 않는다. 생각의 방향과 그릇이 다르므로 남이 추천해주는 책이 재미있을 경우는 극히 드물다. 대신 나는 목표를 묻는다. 어떤 목표로 독서를 하는지, 어떠한 변화를 원해서 책을 읽으려 하는지 등 말이다. 개발팀에서 프로그래머로 근무하는 한 분은 지금 하는 일에서 완전히 다른 것을 배워보고 싶다고 했다. 그 이유에 대해 많은 대화를 나눴고 나는 결국 인문학을 추천했다. 재택근무로 전환되었다면 현재 한 박자 쉬어가는 과정이라고 생각하며 읽을 책을 찾아보자. 집에 있는 시간이 길어질수록, 혼자 있는 시간이 많아질수록 우리는 스스로 생각하는 힘을 길러야 한다. 바로 독서로 말이다. 성인은 성적 수준의 격차라는 것은 없다. 안타깝게도 성적 수준의 격차로 불안해하는 10대들에게, 또 성인들에게 독서를 하면 그 누구보다 빠르게 내면적으로 성장할 수 있다고 말하고 싶다. 생각하는 힘을 키우고 내면의 힘을 길러 위드 코로나라는 이 시대를 맞이하자. 코로나19 바이러스가 발생한 지 2년이 넘었다. 외부적인 요인으로 인해 사회는 빠르게 변했다. 빠르게 변하는 사회에 비해 내게는 아무런 변화가 없다면 어떻게 될까? 나는 확신할 수 있다. 그 모든 답은 책에 들어 있다. 극복하고 이겨낼 힘은 독서에서 얻을 수 있다. 위드 코로나 시대를 맞이하며 다시 일어설 힘을 독서로 얻자. 우리는 이제 이 코로나19가 없는 시대를 맞이할 수는 없다. 이런 환경을 바꿀 수 없는 처지가 됐다. 우리는 어쩌면 처음부터 새롭게 사소한 일상생활 하나부터 바꿔나가며 살아야 할지도 모른다. 극복하고 이겨낼 힘은 독서에서 얻을 수 있다. 방법은 오직 하나, 독서뿐이다.